Le Code de la propriété intellectuelle interdit les copies ou reproductions destinées à une utilisation collective. Toute représentation ou reproduction intégrale ou partielle faite par quelque procédé que ce soit, sans le consentement de l'Auteur ou de ses ayants droit ou ayants cause est illicite et constitue une contrefaçon sanctionnée par les articles L. 335-2 et suivants du Code de la propriété intellectuelle.

Droit de citation — Conformément à l'article L. 122-5 du Code de la propriété intellectuelle, les courtes citations sont autorisées, sous réserve que soient indiqués clairement le nom de l'auteur et la source. La citation doit être brève et intégrée au sein d'une œuvre construite pour illustrer un propos. La citation ne doit pas concurrencer l'ouvrage original, mais doit plutôt inciter le lecteur à se rapporter à celui-ci.

Au clair de Lune

La connaître pour ne plus avoir
les pieds sur Terre

Thierry Brayer, né en 1962, est formateur en langue française, coach en écriture de romans et de chansons, animateur de divers ateliers d'écriture, conférencier et intervenant scolaire. Il est l'auteur de nombreux autres ouvrages :

- ❖ **Le Rabot de Louis** : *Saga historique*
- ❖ **Aix et la Vertu** : *Recueil de récits de (vraies) vies aixoises*
- ❖ **Le Promeneur Aixois** : *Aix-en-Provence au XIXe siècle*
- ❖ **Des nouvelles d'Aix** : *Nouvelles*
- ❖ **75 ans de silence** : *Biographie d'Albert Baldasseroni*
- ❖ **Sous le Métro, la Plage !** : *Roman*
- ❖ **Sépia** : *Chansons et poèmes*
- ❖ **Jean Ier : les cinq jours** : *Récit historique*
- ❖ **La Cité des Arions** : *Récit fantastique*
- ❖ **Objets inanimés qui avez mon âme** : *Textes-Photos*
- ❖ **Botswana : la vraie vie des animaux** : *Textes-Photos*
- ❖ **Abricotin le Lapin** : *Pour très jeune public*

Pour les obtenir :
Amazon.thierrybrayer.fr
ou en **librairie** (stock ou commande)
En savoir plus : **www.thierrybrayer.fr**

Il est aussi rédacteur du blog
www.laixois.fr
sur la mémoire d'Aix-en-Provence

Au clair de Lune

La connaître pour ne plus avoir
les pieds sur Terre

Roman érotique
sous forme de nouvelles

Thierry BRAYER

*Bien sûr, toutes ces histoires sont vraies,
sinon quel intérêt ?*

En préliminaires…

Lune vit au clair de ses envies, de ses rêves et de ses réalités comme dans un film, parfois actrice, souvent réalisatrice ; elle vit au clair d'elle-même. N'imaginez pas, ne pensez pas, ne croyez pas qu'elle est une femme facile ou autre, il n'en est rien : elle est juste une femme libre, et même plus simplement, plus évidemment, une femme, sans adjectif superflu.

Libertine ? Que signifie ce mot ? Une vérité qui n'est pas la même pour chacun… Lune remet en cause les limites de la morale conventionnelle tout en cultivant un raffinement certain. Cela ne veut pas dire qu'elle fait n'importe quoi, bien au contraire.

Romantique ? Lune préfère l'instinct, le sentiment à la raison. Profondément idéaliste, passionnée, désespérée, elle est une enfant du siècle, mais de quel siècle ?

Au gré du vent, elle avance, glisse, s'envole d'une vie parfois trop lourde, la coinçant au sol, pour devenir enfin futile et légère au-dessus de vous, de nous, de moi, d'elle ; et quand elle se voit, elle est heureuse, sans honte, sans gêne, car il n'y a pas de quoi.

Alors, si vous la croisez un jour, et qu'elle tourne autour de vous, n'oubliez pas que Lune est un morceau de nous qui s'éloigne tous les jours un peu plus de la Terre.

Le crime de l'Orient-Express

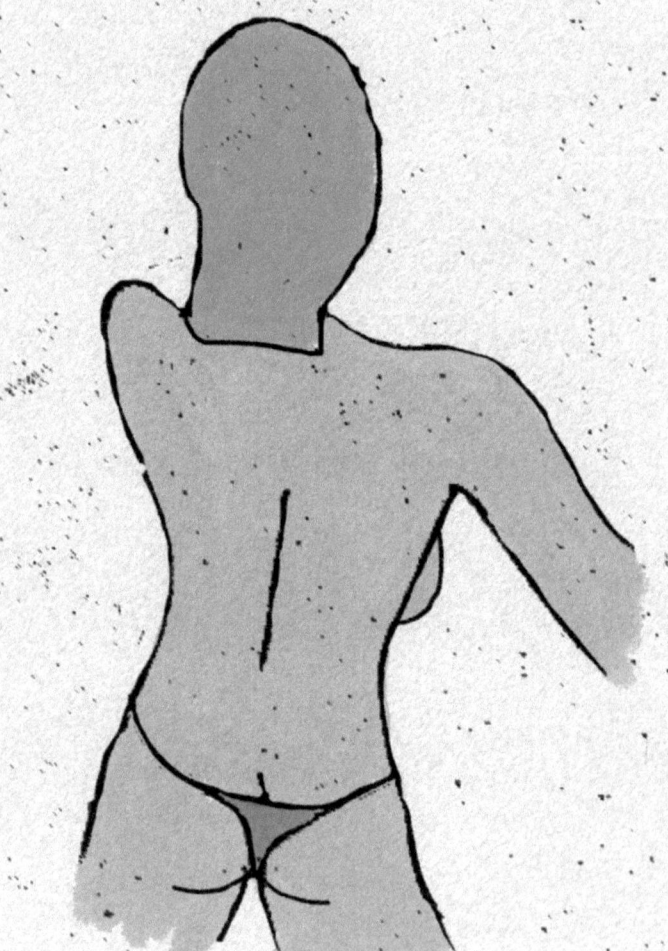

Le train est gris ; le bruit est gris ; le soleil est gris ; les gens aussi. À croire que le gris est la couleur officielle de la banlieue. Et comme chaque matin, avant chaque soir pour le retour, Nicolas se métro-boulot-dodo dans une ritournelle sans parole ni musique, sans image et sans son.

Alors, Nicolas rêve.

Il rêve aujourd'hui que ce train qui le navette de Paris à Aulnay-sous-Bois est l'Orient-Express, qu'Istanbul devient son nouveau terminus et que la poussière qui frappe les vitres n'est que la fumée de la locomotive centenaire qui se tuberculose inexorablement, et se cancérise au grand dam des médecins. C'est qu'il en a parcouru des kilomètres, mais il n'a jamais fait autre voyage que celui de tourner en rond.

Il rêve.

Il rêve que les nuages gris n'en cachent pas d'autres gris, mais des blancs barba-papa et des bleu guimauve. Sûr que Nicolas serait encore un enfant si on ne l'avait pas obligé à grandir. Les parents ne sont pas toujours très cool. Alors, il a accepté, mais son esprit vagabonde autant qu'il peut et aussi loin qu'il est possible d'aller sans retour.

Il rêve.

Il rêve que demain est déjà un autre jour, qu'hier n'a pas d'intérêt et qu'aujourd'hui, la vie est belle parce que ses yeux l'ont décidé. Regardant vers le fond du wagon, juré qu'il voit un avenir plus fertile que les plaines de bétons qui jaillissent de la fenêtre du train et qui ne fleurissent jamais.

Il rêve.

Il rêve que la femme qui vient de s'asseoir deux sièges plus loin, est russe, ou orientale, ou les deux, que son manteau de simili fourrure recouvre un corps chaud comme du lait frais, que sa toque protège ses cheveux de soie prêts à s'envoler au premier souffle d'amour, et ultime fantasme, qu'elle le regarde, lui, le moujik de banlieue à deux roubles cinquante dans ce transsibérien de fortune.

Il rêve.

Pourtant, à mieux y voir, elle le regarde vraiment, avec une insistance impertinente tout en parlant avec son amie d'on ne sait quel sujet. Alors, il baisse les yeux, par politesse, par respect, par honte. Elle ? Une jeune femme prénommée Lune qui passe par là, qui ne repassera peut-être plus, sauf pour d'autres, plus tard, ailleurs.

Il ne rêve plus.

Il se raisonne et relève vivement sa tête ; il remarque alors que ses yeux bleus se détachent aisément de la grisaille ordinaire. Un nouveau ciel vient de naître dans son wagon. Aussi la fixe-t-il le plus longtemps possible, sans faillir, tant que le courage l'accompagne. Malgré son bavardage, elle continue à le viser et elle ne baisse pas sa garde. Nicolas se sent gêné. Il reprend le combat et sa respiration et par un léger mouvement de ses yeux, il la dévisage puis la déshabille. Elle ne semble pas s'en plaindre d'autant qu'elle décroise les jambes, mais sans rien laisser paraître. Le mystère reste entier ; Nicolas est surpris. Il imagine ses seins blancs dans ses mains imprudentes et sa langue dans son cou pour évaporer les derniers cristaux de neige sibérienne. Une bonne minute vient de s'écouler en même temps qu'une larme de sueur sur son front. Ni l'un ni l'autre ne lâchent prise. Personne ne peut les déranger.

– Billets ! S'il vous plaît !

Le train file à bonne allure sur des aiguillages qui font sursauter le couple passager. Ils reprennent leur duel, leur bataille, leur combat, leurs ébats fictifs, sans perdants. Nicolas croit la sentir sur lui ; elle se mord les lèvres. Il va craquer ; elle va craquer ? Le temps n'a plus rien à faire contre eux et finit par les oublier.

Alors, ils se font l'amour, sans se toucher, devant des usagers des chemins de fer qui ne voient rien, ne se doutent de rien, et qui ne méritent pas d'entrer dans leur complicité. Que leurs yeux parlent si bien d'amour ! S'est-elle aperçue qu'innocemment, le jeune garçon bande de bonheur ? Il n'a plus honte de rien. Et elle ? Dans quel état pourrait-elle être ? Il a envie d'elle. Devrait-il se lever, aller vers elle, lui parler ? Et tout gâcher ?

Il reste en place même si son corps vibre de plus belle. Le train ralentit. Une gare. Nicolas ne veut plus bouger, car il ne peut plus bouger. Il est à la limite du point de non-retour, du terminus. Elle ouvre ses yeux encore plus grands, comprenant peut-être ce qui se passe et Nicolas, agréablement, doucement, immobile, éjacule sans bruit dans son pantalon de toile claire, sans crier gare, partageant son plaisir avec la jeune femme. Une légère tache apparaît, comme un clin d'œil pour sa complice qui ne semble pas choquée. Est-ce un crime ? D'ailleurs, l'a-t-elle réellement vue ?

Le train s'est arrêté ; l'inconnue du train de banlieue en descend rapidement et la brume l'emporte lâchement. Les rails se remettent à rouler et le train redémarre vers sa destinée, irrémédiablement.

Nicolas, lui, reprend son train quotidien, sans son guide, sans sa Nathalie improvisée, sans rien savoir de plus au clair de Lune.

Le ciel est un peu moins gris, les gens aussi, mais pour rejoindre un jour Vladivostok ou Venise avec son amante du matin, il sait qu'il lui faudra encore rêver beaucoup, et toujours plus fort. Toujours.

Le sixième sens

Louis n'a pas peur de découvrir Lune. D'ailleurs, avec tout ce qu'ils se sont raconté au téléphone depuis ces quelques heures, ils se connaissent presque.

Presque.

Physiquement, ils n'ont pas l'ombre d'une idée de ce que l'autre peut revêtir comme apparence et quand bien même, ils se décriraient que cela ne pourrait suffire. Alors, chacun, accroché à son téléphone, continue avec des mots plus sonnants que ceux écrits sur le clavier de leurs ordinateurs reliés à l'Internet, tel un fil d'Ariane du XXIe siècle, en ce début de journée. Se parler sans se voir est pour eux une expérience inattendue : rien ne les empêche même de ressentir comme un sentiment amoureux. Est-ce absurde ? Non, le timbre de la voix, le rire, le sourire, les silences, tout parle, tout cause, tout induit.

Voilà comment deux pseudos deviennent des êtres humains ; voilà comment deux bouts de fibres optiques se mettent en phase sur un réseau de rencontres aveugles ; voilà comment deux cerveaux se connectent sur les grandes ondes de leurs désirs et s'inventent mutuellement au risque d'être profondément déçus lors du choc physique.

La nuit est tombée alors que leurs envies respectives sont montées en mayonnaise aphrodisiaque ; la cuillère tient toute seule, il n'y a plus qu'à déguster.

– Et si je venais te voir ? propose Louis.

Il était grand temps qu'un se décide à agir. Lune accepte en émettant un doute, ce fameux doute sensuel qui fait frissonner de peur et de plaisir.

– J'ai envie de toi. Tes paroles m'ont encensée, mais si nos yeux ne suivent pas nos mots, que ferons-nous ? Comment ferons-nous ?

Louis laisse un silence passer en une longue respiration. Ne rien faire risque aussi d'être une déception.

– Il fait nuit, donne-moi ton adresse, Lune, et n'allume pas chez toi. Tu me guideras jusqu'à toi par ta voix et tes mains, et je ne veux pas te voir, comme tu ne me verras pas. J'arriverai vers vingt et une heures trente et à minuit pile, tel le frère de Cendrillon, je partirai, non sans nous avoir fait l'amour.

Lune s'exécute, tremblotant de sa voix, prouvant ainsi sa réelle excitation qui a dépassé de loin sa peur. Elle raccroche enfin, commençant à croire en des orgasmes proches et puissants, tant elle en a les envies. Elle part vers la douche, se regarde dans la glace, se démaquille et éteint alors la lumière, comme pour s'entraîner, comme pour déjà frissonner, comme pour déjà jouir.

Mais il n'est que vingt heures.

Louis, de son côté, se sent prêt. Il a le temps de la route pour douter et imaginer la situation peu cocasse dans laquelle, une fois de plus, il vient de se ficher. Il n'aime pas que son sexe prenne le pas sur son cerveau, mais il pense pour une fois que ce sera plus intellectuel que cela n'y paraît. Son sexe, son cerveau ? Qui a dit que les deux n'étaient pas reliés ? Après tout, c'est agréable de se laisser guider par son instinct et puis, ce sont les femmes qui font culpabiliser les hommes alors qu'elles sont bien heureuses d'en profiter animalement, parfois.

Il part, sans doute, cent doutes. Il n'y pense pas.

La route file de part et d'autre de sa voiture vers une inconnue qui ne l'est qu'en partie. La nuit est noire : complice ? Puis, sans avoir eu notion du temps du voyage, il s'arrête devant l'immeuble et ne lève surtout pas la tête, la moindre triche gâcherait le contrat ; il sonne à l'Interphone ; une voix de femme lui répond ; c'est bon signe ! Louis n'a pas voulu penser que Lune aurait pu lui donner une mauvaise adresse. Il gravit les étages qui n'en finissent pas et atteint la porte de Lune ; il met vite le doigt sur le judas qui pourrait le trahir et ne le retire que quand la minuterie se couche ; il toque d'une caresse la porte en bois qui s'ouvre dans un noir inconnu et inexploré comme un vagin de vierge : Lune est là. Plutôt, Lune semble là. Elle lui prend la main et l'entraîne, sans doute, dans l'entrée et referme la porte, doucement, pour ne pas l'effrayer.

Aléa jacta est.

Sans doute le couloir, sans doute la salle de bain, car mille parfums embaument ses narines qui ont remplacé ses yeux. La douche se cascade chaudement ! Le voilà sur une île inconnue de l'homme qu'il est. Lune glisse Louis dessous après l'avoir déshabillé sans presque le toucher. L'eau ruisselle sur son corps, tout son être est envahi de douceur. Elle lui embrasse le gland prudemment, comme un fruit d'une passion pas tout à faire défendue pour le mettre en confiance. Tout va bien : il l'est. Il vole.

Puis, comme convenu, Lune le dirige vers sa chambre où seul le radioréveil envoie un filet de lumière rouge et donne la notion d'un temps qu'ils veulent réellement infini. Cela suffit pour que les corps ne restent que des ombres. Le bâton de sourcier de Louis, très droit, très sûr et très fier lui montre le chemin vers Lune qui lui parle en à peu près ce langage :

– Viens me retrouver, je suis là, écartée, pour toi, tu ne me vois pas, mais si tu t'approches, tu me devineras. Nos mains seront nos yeux. Viens jouir avec moi, s'il te plaît !

Le programme est donné : Louis commence par la deviner, puis par la toucher. Les femmes sont uniques, certes, mais leurs corps se ressemblent et c'est sans peine qu'il trouve puis croque le doux fruit quasi épilé de Lune avant même de l'embrasser. Il n'y a ni ordre ni évidence ! Ses mains remontent sur le ventre de la femme et agrippent des seins dont les tétons montrent la direction du ciel ; des cris s'échappent de la gorge de Lune, indiquant à Louis qu'il est sur la bonne voie, sur la bonne voix, lui aussi ; et cela dure autant qu'il faut pour que Lune jouisse, tout simplement, très rapidement, sans honte, dans des spasmes sincères, tant elle en avait envie. Quel honneur, quel plaisir, quelle satisfaction pour Louis que de l'avoir entendue ainsi !

Les quatre autres sens se décuplent pour pallier celui qui manque. Et ils se parlent, doucement, lentement, tout le temps que durent les étreintes. Leurs voix les guident puisqu'ils sont aveugles sur ce chemin non balisé. Le toucher se pourvoit de tentacules pour mieux envelopper, mieux appréhender ; le goût analyse les flux parfumés des corps pour s'en imbiber ; ils entendent, écoutent, la moindre des vibrations, pour mieux aller là, au but, au sommet, au pic majuscule du Plaisir.

Sans oublier le sixième sens, qui les a fait se rencontrer…

Quand il la pénètre, il est au plus près, mais ne la voit toujours pas ; il prend sa tête entre ses mains, et la caresse longuement pour en dessiner dans son esprit tous les contours. Blonde ? Brune ? Elle sera comme il veut ! Voilà qui est bien pratique ! Alors, il vibre en elle doucement, puis certainement pour la connaître aussi de l'intérieur, de face, de côté, puis de dos, puis de face, puis de dos, puis...

Il est déjà vingt-trois heures trente quand Lune entame ses caresses fellatrices sur Louis ; il ne résiste pas, il sait qu'il va jouir, les yeux ouverts, et déposer son sperme sur la langue de cette femme qui donne et prend du plaisir simultanément. Elle alterne mains, seins, et bouche. À minuit moins cinq, il éjacule dans sa bouche en la remerciant d'avoir été si proche de lui dans ce jeu d'adulte.

Respectant le suce-dit contrat, Louis se lève et ramasse ses vêtements précisément posés. À minuit, il claque la porte de la chambre, de l'appartement, puis de l'immeuble et enfin de sa voiture. Il ne regrette pas de s'être laissé aller, de ne s'être pas posé de question. Il ne culpabilise pas.

Elle va s'endormir, seule. C'était la règle du jeu. Louis est reparti avec des souvenirs autant humides que sa compagne. Ils ne se sont jamais vus et s'ils se rencontrent un jour dans la rue, ils ne sauront pas qu'ils ont mélangé leurs corps et sûrement leurs âmes. À moins qu'ils ne se parlent…

Un jour sans fin

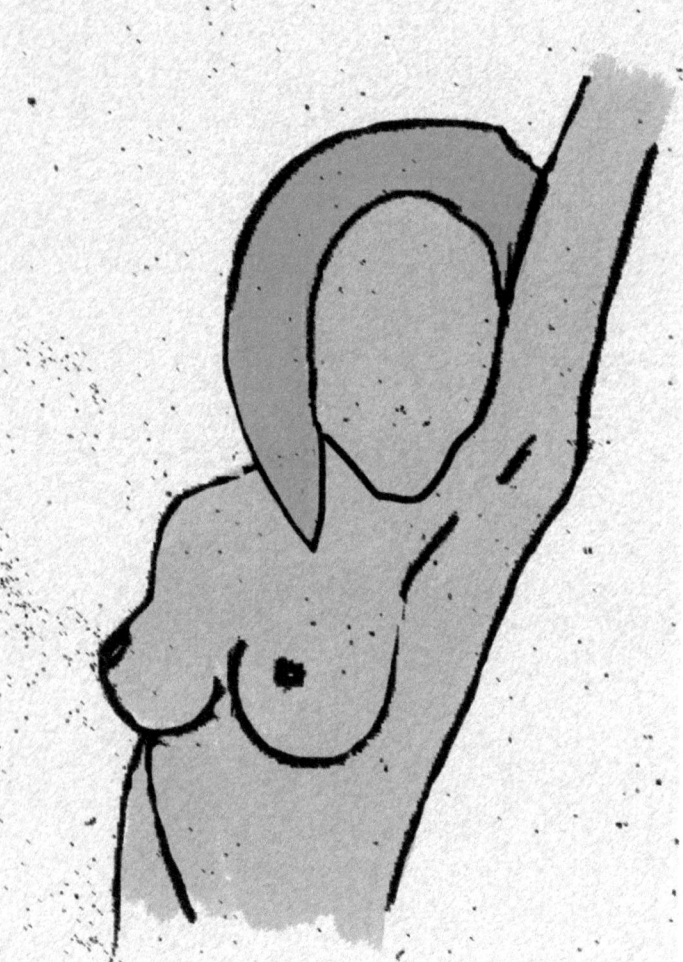

Lune n'a vu Étienne qu'une seule fois, chez ses amis. Elle l'a trouvé sympathique et avenant. De ce fait, après qu'il lui a donné son numéro de téléphone en prétextant une raison grossière, elle n'hésite pas à l'appeler. C'est samedi matin et il fait beau.

Et elle a envie. Comme d'habitude !

– Bonjour Lune, cela me fait plaisir que tu penses à moi, l'autre soir, nous n'avons pas eu le temps de trop parler, il y avait du monde.

– Eh bien voilà, tu as l'occasion de le faire à présent…

Et ils passent quelques longues minutes à continuer à se présenter l'un à l'autre :

– J'aime le ciné, aller au théâtre, le sport un peu, mais je n'ai pas trop le temps et toi, Lune ?

– Moi, j'aime aussi le ciné, la télé, lire, faire l'amour, me balader et prendre des photos.

Faire l'amour ! Étienne note que non seulement elle aime faire l'amour, mais surtout qu'elle le dit naturellement, comme une énumération logique de ses passions. Comme il n'est pas insensible à son charme, il trébuche sur les mots suivants et laisse un silence qu'elle comble vite :

– Écoute, Étienne, on en reparle, j'ai rendez-vous avec un copain, on se rappelle plus tard… Bisou.

Et elle coupe, la coquine, la filoute, la déjà désirée par Étienne.

On se rappelle ? Mais Étienne n'a pas son numéro. Il pense qu'il va devoir rester derrière son téléphone bêtement à penser qu'elle va le rappeler. Elle doit rejoindre un copain. C'est donc avec lui qu'elle va concrétiser sa passion : l'amour. Il s'en veut de ne pas avoir saisi l'occasion.

Une fois de plus !

Étienne ne cherche pas à créer une collection des femmes qu'il rencontre. Ce sont juste les femmes qu'il rencontre qui deviennent elles-mêmes une collection, malgré lui. Il espère sincèrement que la femme qu'il pourrait voir demain dans l'absolu sera la dernière, l'Ultime.

Mais elle n'est, chaque fois, ni tout à fait la même, ni tout à fait une autre, cette nouvelle femme tellement différente, mais tellement semblable. Et la même journée recommence, inlassablement, indéfiniment, interminablement, vers une autre femme, ou vers la même.

Pourtant, une heure juste après, avant midi, quand Étienne décroche son téléphone, c'est à nouveau Lune qu'il entend :

– Tu viens me chercher ? Je suis à la sortie de la ville près de la gendarmerie, d'ici vingt minutes ? Enfin, si tu le veux ?

Il le veut.

Étienne est déjà dans sa voiture, parti à la rencontre de Lune ; une jeune femme sûre d'elle lui fait des signes : c'est elle. Elle grimpe dans la voiture et offre un seul baiser sur la joue droite du conducteur ; il est plutôt tendre et intime, cet unique baiser, non ?

– On va où ? questionne-t-elle.

– En ville ? Je nous offre un verre, enfin, deux verres !

La Place de l'Hôtel de Ville est un camaïeu de couleurs plus chaudes et plus parfumées les unes que les autres : elle offre un bouquet de printemps. Elle saoule les passants à en tomber près de la fontaine qui trône en son centre ; le marché entame à son tour un florilège de senteurs de produits de la région ; sur les étals, des fromages au lait cru, des saucissons d'ânes, des herbes enchanteresses aux pouvoirs bénéfiques, des légumes oubliés sauf par nos grand-mères, des gâteaux insensés, des confitures interdites aux enfants, des pâtés et des jambons de mille formes, des pains de son, de seigle, de froment, d'épices, des boissons liquoreuses, des poules vivantes, des œufs frais et chauds, et des cris, des cris de genre humain.

Le premier café qui trône en maître accueille Lune et Étienne. Ils parlent à nouveau en dégustant un café-verre-d'eau-petits-sablés mais ce coup-ci, Étienne dirige mieux la conversation, plus à son aise, plus assuré. Les sujets fusent. Les regards aussi, mais tout reste raisonnable au point qu'Étienne a l'impression de ramer devant cette fille presque plus sûre que lui :

– J'habite tout près d'ici, j'ai déménagé, c'est très agréable de vivre en ville, dans ces vieilles bâtisses. Ce n'est pas grand, mais très intime, sympa, enfin à voir, quoi !

– Tu me fais visiter, Étienne ?

À peine les consommations réglées que les voilà dans l'appartement du jeune homme, à quelques mètres. Étienne lui fait la visite rapide des lieux : trente-cinq mètres carrés, cela va vite ! Lune s'amuse en se pâmant, par jeu, regarde par-ci et par-là, fouille sans qu'Étienne puisse en faire autant pour le moment... Comme toute femme nouvellement arrivée dans un endroit inconnu, elle s'inquiète de savoir où sont les toilettes. Alors qu'Étienne lui indique la direction du dit lieu, il continue à parler de ses passions, notamment de son goût de collectionneur pour les vieux papiers. Elle s'intéresse. Il lui montre ceux affichés dans l'entrée et dans le salon, comme ces vieux billets de banque français du siècle dernier ou ces actions du Casino Fermier de Nice. Elle admire. Il y en a partout, même dans les toilettes où des réclames des années cinquante donnent de la lecture aux visiteurs de passage. Ils s'y enferment pour voir celles qui sont derrière la porte, des raretés. Elle admire toujours. Évidemment, comme elle est dans le lieu qu'elle réclamait il y a quelques instants, tout en continuant à parler de choses et d'autres, elle lève sa jupe, baisse sa culotte et urine, le plus simplement du monde, devant Étienne, surpris sans le montrer.

– J'aime bien tes affiches, elles ont un petit côté nostalgique qui ne me déplaît pas.

Elle finit, remonte sa culotte puis rebaisse sa jupe. Ils ressortent naturellement de la pièce trop exiguë pour rejoindre le salon qui sert aussi de salle à manger, de chambre, de cuisine, de bureau, de tout. De la fenêtre, Lune contemple le marché qui se remballe. Les employés municipaux nettoient la place pour offrir un nouveau décor pour de nouveaux clients, peut-être les mêmes, celui des cafés en terrasse. Le soleil est déjà de la partie, triomphant en maître et Étienne doit faire preuve d'autorité en fermant les persiennes. Sans même avoir le temps de réfléchir à la suite qu'il veut donner à cet après-midi provençal, Lune se jette sur le canapé :

– Tu viens me faire l'amour ? J'aime faire l'amour quand il fait chaud !

Étienne, toujours surpris par Lune, s'installe près d'elle ! Sans attendre, elle l'embrasse et sa main se glisse un peu rapidement sur son pantalon comme pour être sûre qu'il a la forme flatteuse qu'elle espère : c'est le cas. En quelques secondes, les vêtements volent en éclats. C'est vrai qu'il faisait chaud !

Alors, ils se dévorent réciproquement. Ils font l'amour ou ils se baisent, on n'en sait rien. Ce qui est sûr, c'est qu'il y a de la sincérité, de l'envie, du désir. Ils sont bien ensemble et non pas chacun pour soi : c'est ce qu'on appelle de la complicité même si elle semble être née vraiment très rapidement.

Il y a de l'orgasme dans l'air ! Toutes les positions connues y passent, et même certaines, non répertoriées dans le meilleur des manuels, sont inventées et ils prennent le temps de tout bien faire, pour lui, pour elle, pour eux. Lune jouit de soixante-neuf façons au moins. La verge d'Étienne prend toutes les couleurs de l'arc-en-ciel et quand elle atteint une couleur rouge sang de taureau, Lune la vide tout à fait, pour sans doute qu'elle se remplisse mieux plus tard ; elle lèche les traces sur les draps, se sentant responsable, comme pour se faire pardonner d'avoir sali.

Il s'est passé sûrement une heure, deux heures ou une vie. Ils ont fini, et cette partie de baise en cette courte après-midi pourrait en rester là. Non ! Ils continuent à se câliner, à se parler, à se comprendre ou faire semblant. Même si Étienne se repose, Lune, très naturellement, comme si elle n'était pas rassasiée, le masturbe à nouveau. Fatigué, repu, exténué, réellement vidé, il propose :

– Lune, tu es adorable, mais… tu n'as pas plutôt un peu faim ? Je devais aller chez un copain ce soir pour dîner, tu viens avec moi ? Tu verras, Olivier est sympa.

Lune abdique et abandonne son jouet qui manque de motivation. Ils s'habillent et partent. Elle s'inquiète de savoir si son ami ne va pas être fâché de sa présence. Elle est vite rassurée quand elle est accueillie. L'apéritif est servi agréablement dans un appartement coquet et frais, c'est important. Étienne ne peut s'empêcher de tout raconter à son ami dans la cuisine qui s'étonne aussi de tant de naturel ! Après tout, tant mieux !

Le repas se passe simplement, tranquillement, frugalement. Quand Olivier repart en cuisine pour débarrasser la table, Lune, quelque peu saoulée par un rosé de Provence trop bon marché, interpelle Étienne.

– Tu ne veux pas me prendre vite, là, sur le divan, pendant que ton ami fait la vaisselle ? Promis, je ne crierai pas quand tu me feras jouir ! Allez, j'ai envie… S'il te plaît ! Vite !

Étienne ne veut pas. Plus exactement, Étienne ne peut pas, ne peut plus. Lune est désirable et touchante par sa demande, mais non, cela lui semble impossible, et puis, il y a Olivier à côté tout de même ! Lune est déçue : Étienne et son pauvre outil qui a perdu de sa superbe renoncent. Pourtant, coriace, elle écarte sa jupe volage puis sa fente colorée à la lueur d'un soleil mourant ; elle y place un doigt qu'elle met aussitôt à sa bouche, pour tenter Étienne, diablesse qu'elle est !

– Non ? Tu es sûr ? Et ton ami ? Il ne voudrait pas de moi, lui ? Hein ?

Après tout, pourquoi pas ? Étienne file à la cuisine. Avant même de parler, Olivier lui avoue :

- Cool ta copine, t'as dû bien t'amuser avec elle ! Je t'envie... Vraiment...

- Olivier, tu devrais aller dans le salon, Lune a un... truc à te demander, je finis de m'occuper de ta vaisselle, tu as assez bossé comme ça. J'arrive ensuite.

Il accepte et repart rejoindre Lune. Quand les assiettes sont lavées, séchées et empilées, soit un bon quart d'heure plus tard, Étienne n'est pas surpris de trouver sur le tapis du salon son ami déjà à l'intérieur de Lune, comblée et radieuse. Elle repart de plus belle, fière d'elle et envahie d'un nouveau plaisir viril.

Alors, sans trop se faire remarquer, Étienne chuchote à Olivier, en souriant :

- Dis-moi, tu seras gentil de la raccompagner quand tu auras fini, si tu réussis à finir. Je vous laisse, je suis fatigué.

Lune fait un clin d'œil à Étienne entre deux râles :

- Tu pars ? Tu ne veux pas venir nous rejoindre, j'ai mon petit trou de libre ?

Un deux trois, soleil !

François est assis face à Carine : ils sont des complices, liés par un amour confiant. Ils n'ont plus peur l'un de l'autre et ont appris à s'écouter, pour mieux s'entendre ! Ce soir, leurs peaux ont la chair de poule, comme des enfants, heureux d'un prochain cadeau de Noël ; ils frissonnent des bêtises qu'ils vont faire, sachant qu'ils ne se feront pas attraper ; ils se confient leurs envies, leurs désirs, leurs délires, parce que c'est simplement bon d'imaginer le meilleur, le reste venant toujours trop tôt, on le sait. Et pour que cela fonctionne, ils ont pris le temps, ce temps qu'on ne prend jamais. Pour eux, savoir qu'ils vont faire l'amour est aussi important que faire l'amour. Quand ils partent en vacances, ça commence dès qu'ils ont claqué la porte de l'appartement et non pas quand ils sont arrivés à destination : la quête du bonheur est parfois plus excitante que le bonheur lui-même. Et ce soir, ils réfléchissent à ce tout à l'heure qu'ils viennent d'inventer.

Leur appartement est amoureux. Une décoration qu'ils ont choisie l'un et l'autre pour se sentir bien et rassurés dans leur quotidien qu'ils ne veulent pas banal. Ils sont dans le salon, profitant d'une lumière tendre en cette nuit d'automne et les gin-fizz évaporés des verres proposent déjà l'euphorie attendue.

Est attendue aussi, Lune : François l'a invitée avec l'accord de Carine, quand ils furent trop près l'un de l'autre un certain soir, une certaine nuit. Il est certaines confidences que l'on préfère faire sans voir le regard de l'autre et à chaud. Aussi, Carine avoua-t-elle un jour, une nuit, malgré une apparence de femme introvertie, qu'elle aimerait faire l'amour, avec une autre femme et lui. François esquissa un sourire de satisfaction. L'idée aurait pu en rester là s'ils n'avaient pas une amie commune avec qui tenter ladite chose : Lune. Complice veut dire en accord, et sur cette femme, ils le sont : Lune sera la lumière de leur soirée, mais le voudra-t-elle, le jeu étant de ne pas lui en parler avant pour ménager le suspense et l'incertitude.

Carine n'a peur que d'une chose : que Lune refuse et se fâche, vexée, choquée, car c'est avant tout une amie et malgré tout, on ne dit pas tout à une amie. Pour le moment, elle se rassure des paroles de son compagnon et reprend confiance en un futur de plus en plus proche. Ils l'ont donc invitée pour dîner, c'est tout ! Le reste ? Que de l'improvisation, de l'excitante improvisation !

Quand l'Interphone fredonne Big Ben, Carine résonne au même rythme. Son souvenir arrive ! Lune passe la porte, embrasse amicalement François et Carine ; elle rejoint le canapé à côté de François alors que Carine se met en face, son bustier quelque peu trop dégrafé, comme souvent. Tout le monde sait pourquoi il est là : passer une simple soirée de papotages divers et variés, rien de plus. Les verres se remplissent, se vident et se remplissent, comme par magie. Le temps passe, de moins en moins vite, et devient agréable et lisse. Si au début de la soirée, on parlait d'un tel qui a fait ci ou d'une telle qui a fait ça, à présent, les discussions sont plus ciblées, plus pointues, comme les seins de Carine qui ne se prive pas d'en jouer quand elle se penche pour attraper les chips sur la table basse.

Avant que la soirée ne devienne trop âgée pour qu'elle ne se meure déjà, François propose de porter un toast aux femmes ! Il se lève, et au moment où son verre frappe celui de Carine, il lui dépose un baiser sur ses lèvres, qu'il connaît bien. Lune leur sourit. Alors, lentement, il se retourne et trinque avec cette dernière en déposant un même baiser sur ses lèvres, qu'il ne connaît pas. Lune sourit encore sans le refuser. Carine aussi sourit.

Le cap semble franchi : la vraie soirée peut commencer !

Aussi François empoigne-t-il Lune et le léger baiser précédemment donné devient un amuse-gueule profond aux langues mélangées à ne plus savoir à qui elles appartiennent. Carine, en face, se délecte de ce spectacle. Elle aime à regarder François dans son plaisir. Si elle osait, elle se passerait une main volontaire entre ses jambes tremblantes d'envies. Mais, cela lui semble trop tôt, et elle ne sait pas si Lune voudra fusionner à elle. Coquine, certes, mais bi ? Rien n'est moins sûr.

Dans un premier temps, Carine se lève et dégrafe le seul pantalon de la soirée sans toucher Lune ; elle en sort un objet convoité qu'il lui faudra, pour une fois, partager. François continue ses baisers et soulève la jupe allégrement, continuant la conquête de sa nouvelle Lune. Un doigt, puis deux, dans son vagin déjà très opérationnel, il l'entend gémir, sa bouche prisonnière de sa bouche.

Il se passe quelque temps avant que Lune ne descende à son tour rejoindre son hôtesse occupée à sa succion. Alors, pour la première fois, les deux princesses se lèchent mutuellement les lèvres, les royaux attributs du seigneur François au milieu de leurs langues envolées.

Puis, elles remontent sur le canapé. Trois langues alors se rejoignent dans une bouche dont on ne sait à cet instant le propriétaire. Que cela dure !

Soudain, on entend de la musique douce jaillir des ciels que l'on compte nombreux, ce soir.

Quand les femmes trouvent l'homme assez solide pour une suite évidente, elles l'entraînent dans la chambre. Lune se fait déshabiller rapidement, dégageant des seins inattendus, mais espérés et des fesses rebondies, prêtes à accueillir qui voudra s'y poser. Carine jubile, goûtant un nouvel apéritif plus sucré que le champagne du début de soirée. Elle se saoule de son fantasme, elle le fait durer jusqu'à ce que Lune décolle alors qu'elle la boit. Et quand cela est fait, Carine est heureuse, elle a réussi !

Alors, Lune embrasse François alors que Carine s'enfile dessus. L'homme est débordé. Sans comprendre leur manège, il remarque que celle qui s'empale sur lui n'est plus la même qu'au début et qu'une autre bouche vient à la sienne. Quel mélange ! Les deux femmes se baisent et se rebaisent. Peu importe qui fait quoi, c'est bon ! Les va-et-vient vont et viennent. Carine s'allonge sur le dos s'offrant aux quatre mains qui viennent la fouiller et qui glissent ensuite sur ses cuisses jusqu'à ses pieds dans des frissonnements sans limites. C'est à elle à présent d'être débordée et de partir vers un orgasme hurlant après un quart d'heure de masturbation et de caresses ininterrompues. Quand elle jouit, tout le monde est récompensé.

François contemple alors ses deux amies sur le ventre offrant leurs culs impudiques. Il choisit à tour de rôle d'en prendre une, puis l'autre, alternant plaisir et trous sans aller trop loin. Les deux jeunes baiseuses déjà bien contentées entament à tour de rôle une pipe royale sur François. L'une suce, l'autre embrasse, puis on inverse et on inverse... Celle qui sera la plus performante ou la plus chanceuse se verra gicler dessus ou dedans. Combien de temps ce membre exacerbé va-t-il pouvoir tenir sans flancher ? Carine semble en bonne voie tant la respiration est forte, mais Lune gagne et sa langue s'emplit du sperme généreux de François qui ne touche plus Terre ; elle l'avale en totalité sans en faire profiter sa complice ; sa bouche est vide, propre, nettoyée quand elle relève la tête ! Et elle sourit encore !

Les deux femmes posent leurs têtes sur les épaules de l'homme. Il les câline contre lui : que cette soirée fut à la fois prévue et imprévue ! Les draps sont froissés, la nuit est avancée. Sous les toits roses de la ville silencieuse alors que le soleil se réveille à peine, des chattes grisées ronronnent.

La Lune dans le caniveau

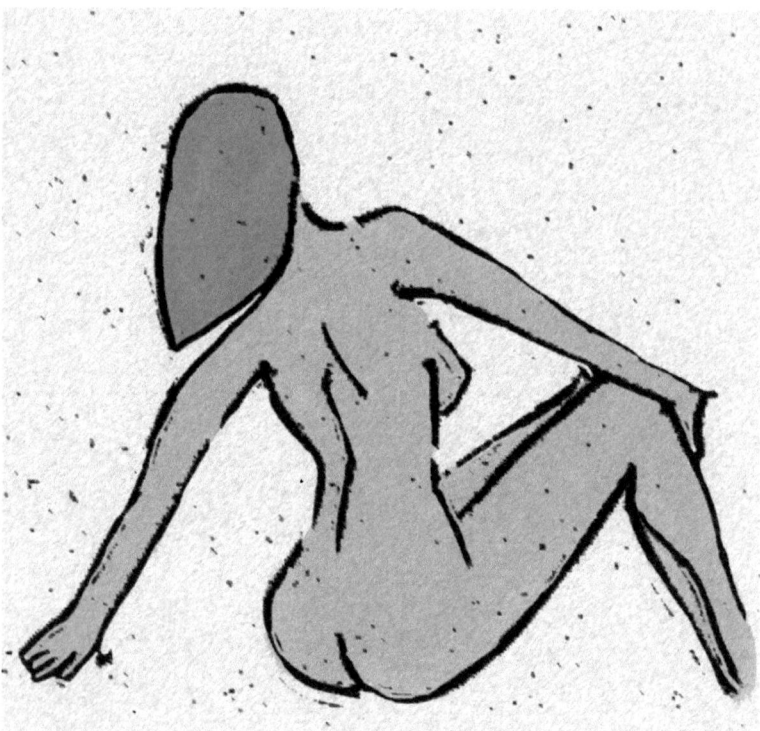

Lune aime qu'on la chante, qu'on la bade, qu'on la *piédestale*... Alors, un jour, elle reçut une lettre d'un amant-ami-amour à qui elle manquait, terriblement, à en lire ses mots :

Lune, toi.

Ma zénitude ne me dépasse pas plus qu'un vol de corps mourants au-dessus des conques. Je vais me reprendre pour que demain finisse par profiler ton aurore. J'aimerais tant que tu sois de retour, toi qui fus, toi qui étais, toi qui n'es plus, Lune. Je n'ai pas de regrets, sans doute des remords. J'en ai commis des bourdes grasses et si je ne paie pas encore, c'est uniquement parce que je suis fauché !

Je pense, je pense, je pense.

Lune, tu te souviens ? Des jours anciens alors qu'ici ancien ne veut rien dire ? T'en souviens-tu ? De ces jours mots-dits dans le creux de nos oreilles, quand l'escargot était à vif ? Il m'en souvient, et au mieux, des cordes magnétiques pourraient raviver le son de tes cheveux. La route était si longue pour que mon pénis ne puisse se clitoriser en toi ?

Tu es en moi, là parce que rien ne peut remplacer ce qui doit être remplacé. Chacun a sa place dans sa vie et la suite n'est pas là pour effacer, mais simplement pour suivre ce qui a déjà été fait. Lune ? Je n'aime pas ne pas maîtriser mes souvenirs, en revanche, je n'aime pas non plus les maîtriser. Que ça coule, c'est tout et qu'ils prennent leurs places dans le jeu !

Merde ! Voilà que je t'entends jouir à présent ! Quel chant incroyable ! Tes orgasmes ont tant foisonné que je me suis demandé si j'y étais pour quelque chose ! Dire que je n'ai pu te bouffer tant tu étais à fleur de chatte ! Mais j'aurais tant voulu couler avec toi dans tes abysses quand l'ivresse prend en charge les inhibitions cathodiques. Je sais que tu as vu mille vies nager entre tes cuisses légères et stériles. Je fus poisson jadis, mais je n'ai pas dû assez te sourire pour te convaincre de ma liqueur. Tu l'as goûtée, elle te plaisait, semble-t-il ? Je t'ai visitée par en bas, par en haut, par tout. Peut-être y suis-je encore, faufilant mon corps blanc et te matant vaginalement le col par l'intérieur ! N'y a-t-il pas de meilleur plaisir que cette vibration ?

Gueule ma Belle, ma Lune, je t'interdis de te retenir, même si tu es avec un autre. Te savoir décoller ainsi est mon plaisir égoïste. Je te sens, donc je te suis ! Merci ! C'est bon de penser à toi en érectant ! Ces moments-là sont à moi, à nous, pas à eux ! Et peu importe qui ils sont, au pire ils seront, mais jamais ils n'auront été... Aléa jacta reste en toi ! La mort ainsi ne peut être souffrance.

Qui dans ce beau rêve anticipé y extrait raison ? Toi ! Humaine indocile, éternelle rieuse, ravissante yin ?

Alors, je rêve à tes sables immouvants dans ton lit atypique de femme mûre et tendre comme des grenadilles poumonnées. Je rêve à toi qui me taillas la peau de tes fines et blanches mains jusqu'à plus sang, jusqu'à plus jouir. Perfide que tu fus, je n'ai jamais autant atteint cette jouississitude, comme celle que les marins disaient connaître lorsque leurs bateaux voguaient sur des eaux appelées océans, paraît-il ? Où es-tu femelle aguichante, reine des volages, princesse des mille et un spermes, impératrice de la caresse impossible, où es-tu, toi l'inventrice de ma puissance, la révélation de mon éjaculation, la maréchale de ma suprême victoire, ma baiseuse de concours, ma douce fente ? Tes trous me manquent, tu en profites, et tu te régales de ma souffrance masturbatrice ! Tu jubiles alors que je pleure ma vie dans mes mains calleuses de t'avoir trop suppliée. Et me voici ici, sur le trottoir dégoulinant de pluies sulfureuses, flottant dans un caniveau sans chien ni maître, loin de toi, planté dans un décor délustré et sombre : voilà un rêve dont je me serais bien passé.

Ma salope, apprends que je t'entre-baiserai comme tu m'as appris à le faire et sache que la prochaine fois, c'est toi qui me payeras pour que je t'infuse avant que je ne te file ma queue entre tes jambes.

Lune ?

Un homme et une femme

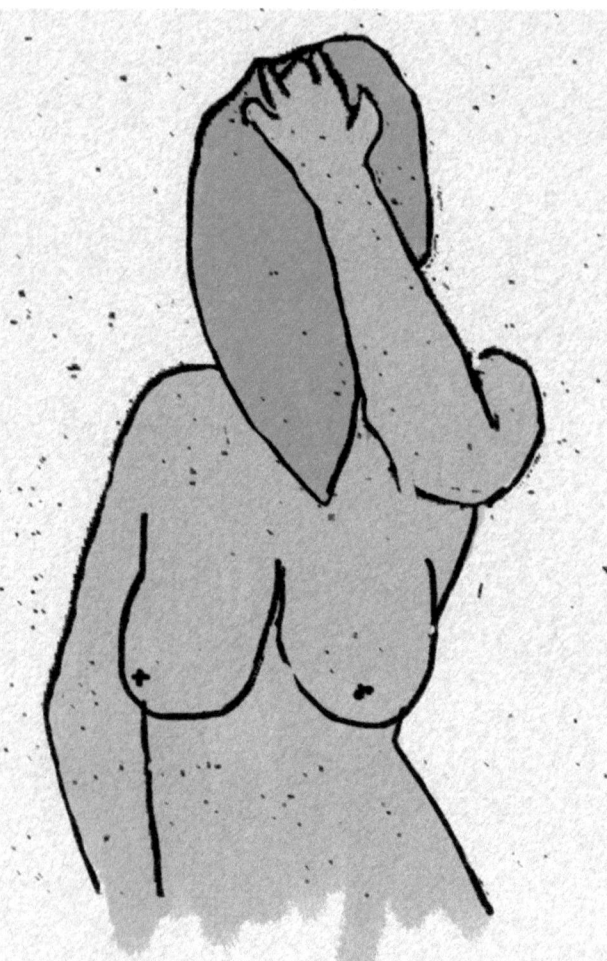

Quand Christophe rencontre Lune cette nuit-là, il ne s'attend pas à voir cette jeune femme, dont le sourire éclaire une nuit qui partait pour ressembler pourtant à toutes les autres.

Quelques instants auparavant, il l'avait eu au téléphone. Elle ne l'avait pas appelé par hasard, mais parce qu'il lui avait envoyé un mail sur un site où les âmes en peine tentent de se transformer en âmes en joie. Cette nouvelle âme, ce fut Lune. Sans doute avait-elle aussi envie de rompre la virtualité le plus rapidement possible ? En tout cas, elle lui parla, succinctement, d'une voix tendre et assurée, avec des mots précis que Christophe prit au vol comme un signe évident de partage.

– Et si je venais ?

– J'hésite ! N'est-ce pas précipité ? Cela ne fait qu'une heure que nous parlons. Tu sais, tu pourrais être déçu, je ne suis qu'une femme ordinaire, une femme de tous les jours ?

Christophe en a assez de rêver, et ce soir, il voudrait, pour le plaisir, se retrouver dans la vie de Lune et bousculer les conventions qu'il finit par exécrer. Pourquoi ne pas venir comme ça avec sa confiance, sa sincérité, sa bonne volonté et sa naïveté dans son sac à dos ?

Et quelques préservatifs.

En dix minutes, il a son adresse. Elle ne s'est pas fait prier parce qu'elle n'avait pas envie de dormir. Besoin sûrement, mais pas envie. Lui non plus. Alors, quand il questionne l'Interphone après un court voyage, que la porte s'ouvre, que l'ascenseur lui fait rejoindre le quatrième étage, il se sent bien.

Lune, dans une robe légère, les pieds nus, lui offre ses joues ; il fait le type habitué, comme s'il était déjà venu ici et il ne la regarde pas trop. Une table, deux chaises, il s'assied, convié. Les mots succèdent aux mots, mais le sourire s'installe définitivement sur le visage de la jeune femme ; ses cheveux attachés dégagent son regard et un cou sur lequel, un baiser pourrait s'y poser comme un oiseau perdu, un soir de pleine Lune ; ses épaules retiennent un soutien-gorge et deux seins qui se protègent et des mains et des yeux de Christophe. Elle s'assoit en tailleur et ses jambes se dénudent, mais l'obscurité tenace de la pièce l'empêche d'en voir plus. Peut-être imagine-t-il le haut de ses cuisses et le bas de ses fesses pour faire un tout délicieux à son regard.

Elle parle d'elle. Il parle de lui. Puis elle parle de lui et il parle d'elle. Enfin, ils parlent d'eux. La nuit avance, les idées aussi. Le thé que Lune sert mêle son parfum au bien-être qui s'est installé. Quand le silence se fait présence, que les mots se font absence, elle lui propose, en même temps qu'un nouveau sourire :

– Je suis fatiguée, tu peux rester si tu veux, mais on dort ?

Lune coupe portable et réveil, puis se met quart nue, gardant sa culotte comme un semblant de pudeur. Christophe file droit, gardant la même pudeur que son hôtesse. Allongés, ils reparlent, encore, puis parlent, peu, et, enfin, ne parlent plus. Dehors, les chiens remplacent les loups. Lune a froid de la rosée qui se glisse par la moustiquaire de la fenêtre. Christophe en profite pour se coller en chien de fusil pour la réchauffer, amicalement, tendrement.

Puis, soudain, elle dort.

Christophe la regarde ; il ne veut pas l'imiter, mais la regarder pour tout le temps qui lui sera imparti, il est déjà si tard, si tôt ! Ses mains à plaines paumes parcourent ses épaules et ses bras, puis son ventre et son dos. Christophe ne dormira pas pendant les deux courtes heures qui vont défiler. Quand sept heures du matin se présentent au cadran de sa grande pendule murale, Lune ouvre un œil, suffisamment pour voir que sa culotte est nouvellement habitée de la main du garçon qui caresse ses lèvres comme il ferait pour lui-même, s'il en avait.

– Coucou ! Tu vas bien ? demande-t-il naturellement.

– Je crois que oui, mais ne devions-nous pas juste dormir ? Que fais-tu donc ? sourit-elle.

Christophe n'a nul besoin de s'expliquer :

– Mais, Lune, tu as dormi comme tu voulais, il me semble ?

Il lui dit bonjour d'un premier baiser sur ses lèvres. Premier de la journée, premier de leur vie. Ils restent dans le lit et Christophe arpège toujours les cordes intimes de Lune, ôtant pour plus de simplicité, sa légère culotte. Elle n'y est pas insensible et ne proteste même pas pour la forme. Alors qu'ils sont face à face, bras dans bras, Christophe tente un dernier assaut en présentant son respect légitime à quelques centimètres de sa fente rosée comme un baiser.

– Ne crois-tu pas que sous serions encore mieux pour parler si tu m'offrais ton ventre ?

Alors naît un délicieux oui, comme une évidence. Christophe s'enfonce doucement, mais sûrement et ils partent pour un long voyage vers des cieux gorgés de miel et de pains d'épices venus d'un pays lointain par bateau, sûrement. Quand elle s'amarre sur sa bite, il se régale. Mille va-et-vient se comptent. Mille autres suivent, ses cheveux enfin libérés et ses jambes posées sur les épaules de Christophe. Lune se crispe. Christophe n'ose lui demander si elle jouit. Il semblerait. Et lui aussi, en elle, il en est sûr ! À eux de sourire ensemble... Par envie de tendresse, Christophe ne veut pas la quitter de suite, comme cela semble se faire si souvent. Une heure va encore se perdre ou se gagner avant qu'ils ne se séparent. Ils s'embrassent, plusieurs fois, sans obligation, par unique plaisir. Quand il s'éloigne, elle lui dit, en souriant encore :

−   Et si tu m'emmenais à Deauville ?

Le silence des agneaux

C'est vrai, quoi ! à force de faire l'amour toujours de la même façon, on s'ennuie vite. Ce n'est pas qu'on ne prend pas de plaisir, mais bon, j'aime être excitée bien avant que le garçon ne commence à me toucher et ce n'est pas toujours le cas, figure-toi !

Jérôme ne peut être que d'accord. Lune a raison. Et ça l'arrange. Ils se parlent depuis plus d'une heure au téléphone. Lune est la copine d'une copine, et les copines sont parfois arrangeantes avec les copains des copines. On lui avait dit :

– Appelle Lune, tu verras, elle est cool !

Tu m'étonnes ! Parler de sexe aussi vite, c'est digne du Guinness Book des Records. En plus, elle a l'air assez mignonne, du moins, Jérôme a envie de le penser. Mignonne, mais en colère !

– Tu vas faire comme tous les mecs, m'inviter au restaurant, me parler de mes jolis yeux, me draguer, quoi, pour une seule chose, me sauter ! Ensuite, tu partiras, tranquille et fier de toi, en me laissant à mes rêves. Marre des beaux parleurs, des vantards…

Jérôme veut bien la comprendre, mais il sait, en tant qu'homme, que les femmes désirent ce protocole autant qu'elles le détestent. Il n'est pas question d'aller directement au but sans faire des passes. Il continue :

– C'est vrai qu'on parle pour ne rien dire, alors que l'on sait très bien où on veut en arriver. Ce n'est pas que les préliminaires rhétoriques soient inutiles, mais souvent tout ceci est hypocrite ! Tu veux de la sincérité, Lune ? Mais il faut jouer le jeu et savoir où tu vas vraiment et refuser les règles établies, par toi, par défaut. Et surtout ne pas reprocher aux hommes d'être comme tu veux qu'ils soient, alors qu'en fait, cela ne te plaît pas !

Lune se calme et écoute Jérôme.

– Prenons le sexe pour ce qu'il est et non pas pour la finalité d'une relation. Prouvons-nous qu'on peut faire l'amour, puis causer, et non pas l'inverse, par habitude, par convention. Comme ça, aucun doute sur les paroles échangées et leur sincérité, puisqu'il n'y en aura pas. À mon avis, ça, ça va te surprendre !

Lune rit de bon cœur. Ce garçon lui plaît bien. Il parle franchement ; il a les mêmes idées que les autres hommes, mais il ne les cache pas, au moins : c'est ça qu'elle voulait !

– Pour résumer, viens me voir, Lune, dès que tu es là, on se fait l'amour. On verra pour discuter ensuite, au restaurant !

Aussi simple que lumineuse, l'idée de Jérôme séduit Lune et il ajoute :

– On peut même faire plus vite. Quand tu sonneras à ma porte, je te laisserai quelques minutes, le temps de te mettre torse nu. Quand je t'ouvrirai, tu offriras à mon regard tes épaules, ton cou et tes seins afin que je sache que je peux tout. Tout ! Et nous ne nous parlerons pas, comme des agneaux qui viennent de naître : tout à découvrir !

Assez parlé, ils raccrochent et conviennent de l'heure la plus proche possible pour passer à des actes franchement sexuels. Lune se pomponne, tout excitée par cette approche honnête, mais inattendue de ce garçon qu'elle ne connaît pas ; dire que la première fois qu'elle le verra, la première seconde, ce sera pour lui faire l'amour !

Effectivement, on ne peut pas reprocher à Jérôme d'être comme les autres, bien qu'il ait les mêmes idées !

Comment va-t-elle s'habiller pour se faire déshabiller ? Est-ce même utile ? Elle voulait malgré tout de la tendresse et rien ne prouve que cette rencontre ne sera pas tendre, et puis, au pire, cela lui fera un joli souvenir. Elle choisit une jupe volante et un haut frivole, à ôter rapidement ; elle pense que des sous-vêtements seront superflus et décide de ne pas en mettre. Elle se trouve belle, tellement nature, et dans son corps et dans sa tête. Jérôme, lui, se trouve un peu fou. Il se doit de tenir sa promesse. Déjà pour lui faire l'amour, ensuite pour l'inviter au restaurant. Si elle ne lui plaît pas, déjà la première activité lui sera difficile à assumer, mais pour la seconde, ce sera certainement pire ! Dans le cas inverse, ce sera divin. Il opte pour cette dernière pensée. De toute façon, c'est trop tard, et c'est justement parce que c'est une inconnue qui va se présenter à sa porte que le plaisir s'en trouve décuplé ! Alors, il se fait beau aussi.

Ladite heure atteinte, la porte sonne, comme prévu. Jérôme attend, inquiet, comme prévu ; il ouvre quelques instants plus tard, comme prévu ; Lune est en jupe, uniquement, comme prévu. Que c'est beau, que c'est bon ! Et ce n'est pas toujours prévu !

Elle n'entre pas, c'est lui qui sort la saluer, sans dire un mot, sur le palier, alors que l'ascenseur repart vers une nouvelle course, moins folle que celle qui va se dérouler à cet étage. Jérôme ne sait par où commencer, non pas par timidité, mais plutôt par impatience, car tout en elle lui fait envie sans avoir envie de tout à la fois. Il bande, elle le voit, preuve que sa beauté lui est sincère, car un homme ne peut forcer son instinct ! Elle aussi se trahit par les pointes de ses seins qui flèchent son cœur. À peine bougent-ils ; pourtant, ils vibrent de droite à gauche, et de gauche à droite. Il ne se refuse pas à imaginer les prendre dans ses mains quand ce moment viendra. Lune n'est qu'à quelques pas de lui et avant de toucher son corps, il voudrait la respirer pour mieux l'appréhender, pour mieux l'aimer, mieux la désirer. Les préliminaires viennent enfin de commencer. Qu'ils durent, qu'ils durent...

Jérôme fait autant courageusement que volontairement le dernier pas qui la sépare de lui et s'arrête à moins d'un millimètre ; il frôle Lune, toujours sans un mot ; elle cligne des yeux comme pour acquiescer sa requête et accepter son jeu ; ses lèvres s'approchent des siennes. Pour donner toute sa valeur au verbe *embrasser*, les mains se rejoignent : elle transpire. Leurs bouches s'entrouvrent, leurs langues se croisent et se fouillent mutuellement. Les baisers se succèdent aux baisers alors qu'il l'empoigne par les fesses et glisse une main entre elles deux. Elle prend son visage par la nuque. Ses doigts se fraient un chemin dans ses cheveux et presque, les griffent. Ces baisers augurent une évidente pluie d'orgasmes en cet été humide.

Il ne faut que peu de courage à Jérôme pour relever la jupe de Lune et passer sa main sur sa féminité. Il sent tout à coup en elle un léger cri de surprise alors qu'il rencontre pour la première fois son clitoris en pleine floraison. Il est à lui, ce cri, prémices des hurlements qu'il attend d'elle, qu'elle attend de lui, régulière et formidable responsabilité !

Ils sont toujours debout. Où s'allonger ? Dans l'escalier ? Sur le paillasson du voisin ? Non ! Il lui agrippe de nouveau le sein droit et lui fait les honneurs que celui de gauche ne tardera pas à envier. Il le mordille, croque, titille, suce, avale, lèche, torture, bouffe. Elle apprécie. Quel bonheur de donner du plaisir ! Il s'en rend compte alors qu'elle lui lacère le dos tendrement.

Lune, ensuite, toujours dans un silence monacal, lui relève la tête pour l'embrasser ; il voudrait continuer à jouer d'elle et de son corps comme des cordes d'une guitare définitivement accordée ; elle recule jusqu'au mur qu'elle adosse violemment ; Jérôme fait tomber ses derniers vêtements. Son pubis est une oasis en plein désert. Le garçon a tant soif qu'il se décide à se désaltérer en elle ; sa langue trouve vite la source de son plaisir et se faufile entre deux lèvres arrogantes ; il remonte autant qu'il peut pour sans doute mieux redescendre ! Il entame alors une conversation intime avec son clitoris plutôt bavard.

Ce dialogue est un bonheur !

Et elle crie silencieusement, râle, gémit, pleure, rit, supplie, et, ultime verbe d'une langue magnifique, jouit. Visiblement, ils savent parfaitement communiquer !

Dieu ! Que sa compagne est belle ! Comment pouvait-il l'imaginer mieux ?

L'ascenseur passe et repasse, mais ne vient pas les troubler. Les voisins ne se doutent de rien, trop occupés à perdre leur temps devant une télé qui pleure des attentats et des guerres. Lune et Jérôme, eux, ont gagné sur le temps le plaisir qu'ils vivent, en ce moment. Et ils continuent, sans se soucier du monde avoisinant. Pour être à égalité, Lune décide d'ôter d'un seul geste les pantalon et caleçon de Jérôme ; sa sainte Verge apparaît aux anges : voilà une religion qui lui plaît quand les cierges sont fiers, durs et volontaires. Elle la lui prend dans ses mains, comme pour la saluer, fermement ; elle commence à la masturber tout en malaxant les testicules adjoints, gonflés, avec tendresse et précision ; elle alterne avec des baisers, alors que leurs yeux se mélangent et se caressent à leur tour, cils contre cils. Un instant plus tard, toujours collée au mur, Jérôme lui prend cuisse et fesse droites, qu'il lève brutalement pour découvrir le fameux passage dans lequel il présente son hommage. Il ne la pénètre pas ; leurs regards se fixent. Les mots sont toujours absents.

Il attend. Elle attend aussi.

Quand ses yeux se baissent et se relèvent, en une fraction de seconde, Jérôme comprend alors qu'il lui faut s'introduire dans ce lieu de villégiature. Lune émet un râle, exprimant le délice qu'elle vit. Par ses allers et retours, ils voyagent tous deux enfin. Pas besoin de contrôleur pour vérifier leurs titres de jouissances, ils sont sûrement en infraction tant ils dépassent les distances ! Ils inventent tant de nouveaux paysages qu'on ne peut les décrire. Pourront-ils même un jour recommencer ?

Parfois, le silence et le calme, comme un œil de cyclone, s'installent. Quelqu'un monte les escaliers, puis une porte s'ouvre et se referme, un étage plus bas, un étage plus haut. De nouveau le silence, puis la tempête reprend, plus vigoureuse encore. L'amour est un combat, mais le vainqueur doit toujours être l'autre. Plus Jérôme lui fait plaisir, plus Lune lui fait plaisir, etc. Voilà une règle simple à appliquer !

Soudain, Lune s'échappe, et en une fraction de seconde, le sceptre du Chevalier trouve refuge dans le palais de sa Princesse. Il s'enfonce à présent dans la gorge de Lune où sa langue joue Beethoven, Chopin, puis Wagner. Jérôme décide de ne plus rien décider. Elle est la plus forte, il lui supplie de l'exaucer, de l'exécuter, mais de ne pas l'abandonner. Ses mains naviguent en lui, il veut exploser. Elle se rend compte tout à coup qu'il n'en peut plus. Elle le fait ressortir et fait vibrer son membre devenu familier en lui soufflant dessus. Elle est assise, le regard de ses yeux tendres ; elle sait que Jérôme va jouir à son tour. Elle le sent et joue de ce moment privilégié. Quand elle le décidera, il partira. Pour partager, elle se caresse avec délicatesse, synchronisée aux soubresauts de son compagnon muet.

Enfin, d'un dernier coup, d'une estocade, d'un dernier souffle puissant, Jérôme éjacule. Son sperme s'envole sur son visage et l'inonde comme le Vésuve le fit — sans doute ! — sur Pompéi. Quand elle sait qu'il a tout donné, elle l'avale à nouveau pour le sentir se rétracter doucement dans la chaleur de sa bouche. Lune continue à regarder Jérôme, à l'observer, impertinente qu'elle est, fière de l'avoir fait jouir de telle façon.

Alors, Jérôme la serre dans ses bras. Il l'embrasse encore et encore sur son visage humide. Ils ont bien fait de ne pas réfléchir ! Et pour la première fois depuis qu'ils se touchent, il lui parle, enfin :

– Bonjour Lune ? On va dîner : je voudrais vraiment te connaître !

Petites confidences…

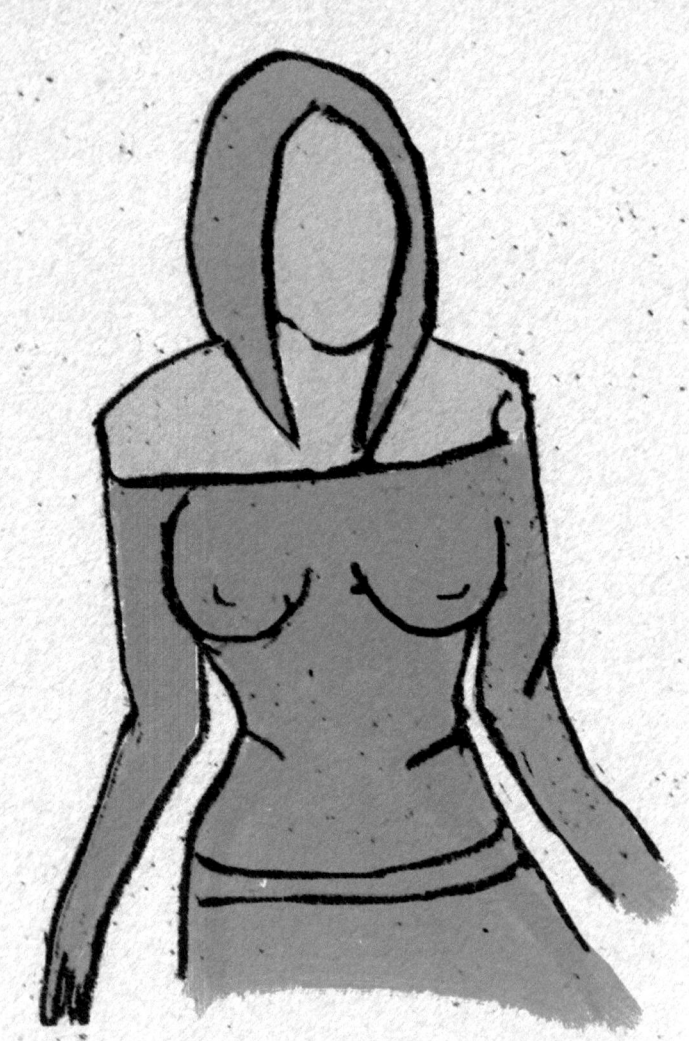

Lune vient d'emménager dans son nouveau loft, avec ses meubles, ses vêtements et ses hommes. Ses hommes parce que Lune a une conception particulière du service rendu. Son appartement est grand, très grand, mais surtout à l'état brut. C'est pour ça qu'elle s'entoure d'hommes de main pour faire son menu bricolage afin qu'il devienne un joli lieu de vie, Feng Shui, de par une méthode bien particulière...

Peu fortunée, il ne lui est pas possible de les payer autrement qu'en nature, ce qui est pour elle joindre l'utile à l'agréable : elle offre son corps de temps à autre, pas contre de l'argent, mais contre une porte, un évier, un encadrement de fenêtre et quelques orgasmes bienvenus qu'elle prend de toute façon. Elle est pragmatique. Hervé, lui, n'offre que sa gentillesse contre sa tendresse. Voilà un deal bien agréable et peu contraignant, ne risquant pas de lui donner des ampoules aux mains : il ne bricole jamais, sauf les filles.

Lune est jolie, ce qui l'aide dans sa quête de fournitures et de matériaux. Elle est d'une simplicité et d'un naturel déconcertant, plus souvent déshabillée qu'habillée. Tout lui paraît normal et le pire est qu'elle ne s'en cache pas, prête à provoquer toutefois involontairement ceux et celles qui la croisent. Preuve en est le jour où elle rencontra Hervé et qu'elle l'embrassa directement sur les lèvres pour le saluer... Elle est comme ça et finalement elle vit un réel bonheur, sans trop de soucis, presque naïvement. Tout cela lui paraît évident, et elle en devient dangereuse pour ceux qui la prendraient au premier degré. La prudence, devant une femme comme elle, est obligatoire ! Hervé accepte le jeu et ne s'en offusque pas. Au contraire, il a fini par s'y habituer.

Un soir, alors qu'Hervé a un brin de cafard, il décroche son téléphone pour appeler son amie et trouver un peu de réconfort. Lune est là et répond de suite, car elle sait être présente et connaît ses priorités :

– Coucou ! C'est moi, Hervé ! Ça va, toi ? Moi, bof !

– Oui ! Oui ! Je travaille, tu sais, c'est loin d'être fini, mais ça va être magnifique, ça me plaît déjà, on a déjà posé les carreaux au sol. Dans quelques jours, on pose la moquette dans le coin salon et j'ai un copain qui doit me finir la cuisine aujourd'hui !

Hervé soupire.

– Effectivement, j'entends comme des bruits de marteau, qu'est-ce qu'on t'installe ?

– Ah ça ? Non, pas du tout, c'est le copain en question qui m'enfile par derrière un peu bruyamment sur la table qui me sert à étaler le papier peint et qui n'est pas très stable. Elle bute contre le mur. Il va finir par le défoncer aussi, il va être obligé de le réparer ! Attends, Hervé, tu permets un instant ? Je jouis et je te reprends ! Ne coupe pas, j'arrive !

Elle pose le combiné où elle peut et entame un joli orgasme qu'Hervé apprécie. Elle fait tout pour rendre son partenaire bricoleur heureux. Hervé en profite sans s'en plaindre, mais ne peut être qu'auditeur inactif à son grand regret. Après quelques cris bien sincères, elle reprend son téléphone comme elle l'avait quitté.

– Alors mon Hervé ? Que me racontes-tu de beau ? Tu as le cafard ? Je suis toujours là pour t'écouter, tu sais, à n'importe quel moment !

Je suis timide, mais je me soigne !

Sonia est derrière la porte. Pascal l'a invitée à venir s'expliquer : elle serait amoureuse ! C'est ennuyeux...

Elle a tout juste dix-neuf ans, et Pascal, la quarantaine profonde. Il ne l'a vue qu'une fois, lors d'une soirée, organisée par Lune qui a des amies redoutables. Sonia a récupéré ce soir-là astucieusement l'email de Pascal alors que ce dernier envisageait de récupérer celui de Lune. Elle lui écrivit ensuite régulièrement, lui racontant qu'elle vivait une jeune histoire d'amour sans trop d'intérêt et qu'elle cherchait la passion alors qu'elle n'avait trouvé que routine et maladresse de la part de son compagnon. Déjà, à dix-neuf ans ! Pascal joua le jeu du confident, laissant parler — enfin, écrire — ce qu'il appelait son expérience. Cela dura quelques semaines. Ce fut bien agréable. Il ne se souvient pas plus de sa voix que son visage et le dernier message qu'il envoya fut une proposition de rencontre chez lui pour parler plus facilement.

En tout bien, tout honneur !

Les derniers messages de Sonia laissaient transparaître quelque chose qui ressemble à de l'amour, avec néanmoins un grand déséquilibre. Sonia a fini par idéaliser cette relation électronique. Pascal s'en trouve troublé, gêné au point de culpabiliser et de vouloir l'entendre s'expliquer.

Sonia est toujours derrière la porte.

Elle hésite à sonner ou à faire demi-tour ; elle finit par appuyer sur la sonnette et Pascal ouvre avant même qu'elle n'ait relâché le bouton. Une fille échevelée, la tête baissée, s'avance, bredouillant ce qui semble être des mots, oubliant la notion élémentaire de faire des phrases avec des verbes, même simples ; un long manteau chaud pour un hiver froid de la même couleur que ses cheveux l'enveloppe en un tout, du sol au plafond. Pascal l'embrasse sur la joue qu'il devine et l'invite à passer au salon ; elle s'y dirige en silence. Il n'a pas pu encore voir ses yeux tant elle est fermée. Elle s'assoit, recroquevillée. Il lui offre un jus de fruit et commence à lui parler, puisqu'elle ne se décide pas à le faire elle-même.

— Tu vas bien ? Je suis heureux de te voir ! Tu veux enlever ton manteau ? Tu peux avoir confiance en moi, tu sais ?

Elle sait.

Pascal ne sait pas trop par où entamer le dialogue même s'il sait où il veut arriver : à la faire parler de son mal-être, uniquement !

- Enlève donc ton manteau ! Tu sais, je n'ai pas compris ton dernier message. Crois-tu qu'on puisse tomber amoureux uniquement avec des mots ? Tu me sembles si fragile Sonia ?

Elle l'est.

- Si tu ne dis pas un mot, ça ne va pas être facile... Donne-moi ton manteau ? Tu n'es pas nue dessous quand même ?

Non.

Une fois ôté avec insistance, Pascal se plaît à imaginer le corps pulpeux, plantureux et palpable que son pull met en valeur, mais il sait, pour une fois, qu'il n'y touchera pas : trop dangereux. Sonia semble si apeurée qu'il est hors de question pour lui de profiter d'une situation qu'il ne maîtrise pas. Par respect pour elle, surtout. Il tente de croiser son regard quand elle se met à parler pour la quasi première fois. Elle a écrit qu'elle l'aimait, mais là, elle ne dit plus rien, les yeux à terre, comme des armes affaiblies, baissées, blessées.

– Tu m'aimes ? On ne se connaît pas ! Je crois que tu confonds tes sentiments pour moi avec peut-être une certaine et simple envie ? Je ne ferai rien vers toi, aucun geste, même si… Je ne veux pas me moquer de toi et t'utiliser, tu comprends Sonia ?

Pascal passera près de deux heures auprès de Sonia à la convaincre que s'il résiste à ses avances, c'est parce qu'il ne veut pas ensuite être responsable de quoi que ce soit. Sûrement que Sonia pense que s'il couche avec elle, cela voudra dire qu'il est amoureux aussi. Pas simple ! C'est pour ça qu'il y passe deux heures ! En quelque sorte, Pascal préférerait qu'elle fasse le premier pas. D'abord, ça le changera, et puis, c'est vrai, il ne veut pas abuser d'elle et de ses sentiments. Son âge mûr lui fait maîtriser sa vie, mais pas celle de Sonia. Et puis, si elle commence, ce sera elle la responsable et il pourra dire qu'il n'a fait que succomber. C'est lâche peut-être, mais cela se tient pour lui comme raisonnement.

Il rêve alors à cette tendresse innocente que Sonia peut lui offrir. Tandis qu'il fermera les yeux, la timide et farouche jeune fille déposera ses lèvres sur les siennes ; les langues se délieront et se lieront ; Pascal accompagnera ce baiser sur ce corps qu'il désire depuis qu'elle est assise près de lui ; il serrera sa compagne et l'enserrera encore. Ce sera un régal. À son tour, elle se jettera sur le sexe en forme de désir fougueux que Pascal lui offrira sans résistance. Comme elle sera penchée, ses cheveux couvriront la totalité de ses actes intimes et s'envoleront à chaque va-et-vient. Quand elle sera tout à fait nue, Pascal la baisera autant virilement que violemment et la noiera. Pour la première fois, il pénétrera aussi ses yeux avant qu'ils ne tournoient de plaisir.

Mais Sonia est timide, ne parle pas et n'avance pas ! Heureusement que pour écrire, elle fut plus loquace ! De toute façon, Pascal a compris que la douce Sonia était paradoxale. Il la prend telle quelle, ou plutôt, ne la prend pas. Enfin, sans doute dans un élan de courage ou de désir, Sonia lève la tête, regarde son compagnon et d'un ton fort et précis malgré une voix fluette lui dit :

– Pascal, s'il te plaît, encule-moi !

Un air de famille

Marie est d'une bonne nature. Jeune, vive, intelligente, pas le genre à se prendre la tête, mais plutôt à réfléchir après les actes. Elle n'hésite donc pas à inviter Denis pour lui rendre visiter, alors qu'elle ne l'a vu qu'une fois lors d'un séminaire professionnel. Ils sont libres tous les deux de leurs faits et gestes et très joueurs.

Alors, pourquoi s'en priver ?

Quand Denis arrive, Marie a un léger moment de retenue, pour répondre aux codes habituels de la bienséance. Mais vraiment très léger ! Ils se regardent et font comme s'ils se connaissaient depuis longtemps. Denis est courtois et l'invite dans un restaurant près du théâtre de cette ville antique qu'il ne connaît pas. Ils parlent. Ils savent bien faire ça. Ils prennent doucement l'habitude de se regarder, puis de se toucher un peu, mais pas trop ! Le vin local est agréable à boire et délie et les langues et les palais et les soutiens-gorge et les idées. Marie semble en bonne disposition et commence à rendre de plus en plus sensible le jeune homme à ses évidents charmes. Et il est évident qu'il la raccompagne une fois le repas terminé et il est évident aussi qu'elle lui propose un dernier verre que Denis accepte comme un premier verre, c'est évident ! L'appartement diffuse une pénombre embaumée de bougies exotiques et sa petitesse lui confère un côté intime qu'ils ne tardent pas à exploiter. En fait de canapé, un lit recouvert de tendres coussins attire naturellement ce couple d'un soir et les corps se noient dans un délire de caresses. À mesure que la lumière s'évapore, les plaisirs montent et atteignent un sommet quand Denis escalade Marie. Ils vont jouir de façon certaine et rapide — trop ? — et quand le sperme de l'un s'écoule dans le ventre de l'autre, le voisinage en profite aisément. Enfin, pour le bruit seulement…

Il est tard. Il est tôt. Denis se doit de rebrousser chemin et repartir chez lui, à deux cents kilomètres, abandonnant sa nouvelle amie de passage sur le canapé tout en fouillis. Mais sur la route, alors que l'alcool s'est évaporé, Denis a des doutes : aurait-il aussi bien déshonoré Marie qu'elle le méritât ? En fait, il est certain d'avoir été très moyen, l'euphorie du moment ayant modifié son appréciation. Moyen ? Non, franchement mauvais.

Et il oublie tout cela bien vite, heureusement, pas de témoins. À part Marie.

Quelque temps plus tard, peut-être des semaines, alors que le temps sépare même ceux qui ne s'aiment pas, Denis reçoit un appel. L'indicateur sur son téléphone affiche « Marie vous appelle ». Il décroche et salue Marie.

– Non, c'est Lune, sa sœur ! Bonjour Denis ?

Denis est surpris, voire apeuré, et écoute cette inconnue lui apporter peut-être une mauvaise nouvelle :

– Nous ne nous connaissons pas, mais Marie m'a déjà parlé de toi ? Tu vas bien ?

– Oui, je vais bien… Que me vaut ton appel ? Rien de grave au moins ?

Sans se décontenancer plus, Lune continue :

– Il paraît que tu es sympathique, agréable et plein de qualités cachées, m'a dit ma sœurette. Alors, comme je suis curieuse, me voilà. Envie de te connaître un peu ! Voilà tout !

Croyant à une farce, à un téléphone caché, Denis joue et le jeu et le macho. Il pense n'avoir rien à perdre.

– Oui ! Elle a raison, tu n'as qu'à venir, demande-lui mon adresse, et tu verras bien si je suis tout ça !

Lune acquiesce et promet de venir un jour, une nuit ! Denis doute et raccroche poliment. Sûr que c'est une blague d'autant qu'il se souvient de sa nuit avec Marie, loin d'être remarquable, de son côté... Il s'était promis de ne plus y penser et voilà comme une vengeance de la part de Marie qui revient à sa mémoire honteuse via sa sœur.

Il oublie de nouveau.

La journée puis la nuit se relaient à grands pas, les yeux clignent et se ferment ; les heures s'égrènent ; Denis s'endort. Les chouettes hululeraient s'il y en avait ; les étoiles se déplacent sans faire de bruit, à leur convenance dans un ciel de coton : Denis s'est endormi. Le silence se rompt quand l'interphone retentit. Denis sursaute et se réveille aussitôt ; il déclenche l'ouvre-porte en toute confiance, enfile un pantalon et une chemise oubliés, attend que les escaliers révèlent son visiteur du soir et découvre une jeune femme inconnue, essoufflée :

– Salut, c'est Lune, j'ai bien roulé, tu sais ? Je ne te dérange pas ? Je t'avais promis de venir ! C'est sympa chez toi ? Tu me fais visiter ?

Denis bredouille, agréablement surpris, et s'exécute, non sans la saluer :

– Ça, c'est l'entrée donc, et là, c'est le salon.

– Tu as une belle vue on dirait ? On voit le ciel tout entier !

Elle file droit sur le balcon éclairé par un clair d'elle-même ; elle se colle à la balustrade et Denis regarde le paysage avec elle, lui montrant çà et là les étoiles dont il connaît les noms : c'est toujours bien de connaître les étoiles pour séduire les filles. Il s'accoste à elle, dans son dos, regardant dans la même direction. Denis pense dormir encore, et c'est sans gêne, puisque maître de son rêve, que ses bras entourent la jeune femme et que ses mains se posent sur son ventre puis sur la naissance de ses seins. Il continue à lui parler sans retenir ses caresses. Lune, point surprise — elle l'espérait même — se tourne vers lui et l'embrasse violemment, faisant comprendre en un quart de seconde son désir. Tout à coup, Denis se réveille.

– Tu me fais visiter la chambre à présent ?

Il l'emporte promptement et la jette sur le lit ; il la rend nue en un seul geste et transforme une fin de nuit paisible en une partie de baise torride. Il tient à faire mentir Marie sur ses qualités, quoiqu'il ne sache plus ce qu'elle a pu dire de lui à Lune. En fait, là n'est pas la question. Pour le moment, il fait le tour du propriétaire de ce superbe corps, ainsi que de son appartement.

– Ici, c'est la cuisine.

Il la pose sur le buffet blanc et il continue à la prendre de face. Elle jouit dans la cuisine. Il poursuit la visite.

– Ici, c'est la véranda !

Et elle jouit dans la véranda.

– Ici, c'est le salon.

Et elle jouit dans le salon.

De retour au point de départ, dans la chambre, il s'allonge dos sur le lit et elle se loge sur lui, bien enfoncée, bien droite, bien fière ; il lui ordonne de mettre ses mains derrière sa tête ; elle obéit. Alors qu'elle est en équilibre, il la pousse en arrière tout en la tenant par les tétons qui s'étirent ; à elle de décider quand le mal remplacera le bien. Elle hurle, de plaisir ou de douleur ; elle se penche encore. Quand ses seins deviennent aussi rouges que son clitoris, elle abdique dans un orgasme qui sonne comme le tonnerre dans la nuit chaude et sèche de cette saison.

Denis à son tour lui grimpe dessus, la regarde avec insolence et se masturbe jusqu'à plus soif, plus faim. Son premier jet envahit son ventre et son nombril, le second se répand sur la commissure de ses lèvres et le troisième, sur son cou. Lune étale cette crème de bonheur sur son corps et lèche le peu qu'il lui reste sur les doigts en soupirant :

— J'ai eu raison de faire confiance à ma sœur, comme d'habitude !

Descente aux enfers

Gilles a envie de Lune, mais elle est fatiguée en ce dimanche après-midi quand il l'appelle au téléphone. Comme elle est d'une humeur peu propice à son humour un peu trop ciblé, il n'ose lui faire plus part de son désir pour elle et dirige la conversation vers des banalités trop d'usage. Déjà lundi dernier, quand il l'a rencontrée, il ne sut lui faire comprendre, même à demi-mot, à quart-phrases, ses *sexe-intentions*. À peine a-t-il osé regarder, lorsqu'elle fut assise, son décolleté, ce qui aurait d'ailleurs prouvé que notre planète est encore très belle vue du ciel ! Aussi, ce dimanche, avance-t-il à petits pas. Il est seul, sans répondant de sa part. En clair, il rame.

Lamentablement !

Lune est une femme très respectueuse des traditions et des valeurs, une femme digne et belle, d'une culture plutôt exceptionnelle, d'une tenue exemplaire, d'une élocution précise et rare. Bien que réservée, elle laisse supposer qu'elle est loin d'être coincée sur la chose : comment alors la déclencher, l'inspirer, la séduire, lui donner envie, la faire succomber, craquer, supplier, la baiser ? Simplement, comment lui faire comprendre, d'un sourire ? Gilles sait qu'elle a compris, il n'y a aucun doute et pourtant elle va raccrocher dans un instant et il va se retrouver tout bête, à espérer qu'elle le rappelle le plus vite possible, alors qu'il sait pertinemment qu'elle ne le fera pas. Comme tout être humain, Lune semble avoir quelques soucis aujourd'hui, mais elle les place un peu trop en avant, oubliant de s'amuser, de penser à elle et de répondre aux envies ou besoins de son corps, comme si ce n'était pas important.

En ayant au moins les mêmes soucis existentiels, Gilles pense néanmoins le contraire. Le sexe lui offre une parenthèse sur sa vie parfois difficile : pendant qu'il y pense, il n'y a pas de place pour le reste, comme les impôts, les factures, le travail… Pour le moment, avec elle, il hésite, trébuche, se retient. S'il lui demande simplement, il sait que cela ne va pas lui plaire. Il se doit de l'étonner et surtout, de ne pas passer pour un mort de faim, mais plutôt mort de soif, un mort de soif d'elle. Il doit la (ré) chauffer et la préparer. L'idéal serait que ce soit elle qui finalement réclame les coups de reins qu'il rêve de lui donner.

– Écoute, Gilles, je suis fatiguée, je vais te laisser, mon repassage m'attend. Merci de ton appel. Nous nous reparlerons sûrement.

– Lune, je comprends, je t'embrasse bien fort et bien tendrement. Appelle-moi quand tu voudras, pour le moment, je suis à tes genoux !

Elle s'étonne de cette réponse :

– Ah ? Et que fais-tu à genoux ?

Gilles se jette dans l'improvisation. Il est au taquet, il n'a plus le choix, sinon elle raccroche et il la perd.

– Je te lèche.

Il a osé ! C'est la première fois qu'il lui parle ainsi : sera-ce la dernière ?

– Tiens ! Humm ! Et où ça ? s'inquiète-t-elle.

Elle a ses deux jeunes neveux aujourd'hui en week-end. Il sait qu'il ne peut faire ça ni chez lui ni chez elle-même s'il ne s'agit que de mots pour le moment. Il cogite, très vite et invente sans même réaliser le culot les mots qu'il vient de prononcer.

– Dans ma cave, dans l'obscurité, je te lèche et je te baise.

Sans attendre, elle répond :

– D'accord ! Je suis là dans deux heures, avec les gamins : trouve-leur une occupation. À tout à l'heure !

Elle raccroche. Lui aussi, muet, abasourdi, surpris, excité. Comment a-t-il pu, alors que tout semblait perdu pour cette fois au moins, gagner ? Lune va venir dans deux heures pour faire l'amour avec lui dans sa cave. À peine croyable ! Il aura juste le temps d'y descendre avant son arrivée, de la ranger un peu, de la nettoyer. Cela va en promettre. Il ne préfère pas trop y croire, de peur d'être déçu si elle ne vient pas.

Mais elle vient.

Gilles lui ouvre la porte, l'embrasse amicalement — il la connaît si peu — ainsi que ses neveux d'une douzaine d'années. Tout ce petit monde entre dans l'appartement et les jus de fruits pleuvent dans les verres puis dans les gorges. La soirée est encore jeune. Gilles regarde Lune qui ne le regarde pas. Elle est déshabillée d'une jupe légère qui laisse apparaître des jambes longues à n'en plus finir, d'un côté comme de l'autre, et d'un haut qui rend son dos nu. Il la regarde toujours. Une console de jeu s'est mise en route pour attirer les mi bambins mi ados. Elle sourit, mais ne le regarde toujours pas, se sentant toutefois observée ; il s'approche d'elle ; il veut la toucher ; elle semble refuser ; il a peur un instant de ne pas concrétiser son désir quand, tout à coup, elle se décide :

– Gilles ? Et si on allait chercher des pizzas, pendant qu'ils jouent ? Ça te dit ?

Cela lui dit. Elle rassure les enfants qui se fichent de son départ, occupés à détruire des maisons et des soldats ennemis avec des armes délirantes.

Arrivés au rez-de-chaussée, Lune et Gilles poursuivent leur descente d'un étage et se rendent sans parler, par simple connivence, vers les sous-sols de l'immeuble. Éclairés d'une lampe torche fatiguée, ils atteignent la cave promise ; ils tirent la chevillette et la bobinette choit ; ils referment et éteignent la lampe mourante. À présent, seul le noir les éclaire. Gilles se retourne et embrasse Lune goulûment, lui attrapant ses fesses fermes dont il rêve depuis plus de deux heures ; elle lance un cri d'étonnement, de surprise, de plaisir, qui résonne dans les couloirs vides. À tâtons, il lui remonte la jupe et trouve sa fente enchantée ; il la lui caresse sans rechigner. Lune s'allonge alors comme elle peut sur des cartons de déménagement, écartant son doux trou à nouveau, invitant son partenaire à la croquer. Il s'exécute et se régale de cette fente inconnue et aveugle. Un incroyable orgasme sincère se profile et se réalise en quelques minutes. L'amour qu'ils font est violent de plaisir. Quand Lune entend Gilles baisser sa braguette et son pantalon, elle s'exclame :

Voilà un bruit que j'aime ! Laisse-moi te sucer dans le noir !

À son tour d'enfourner dans sa bouche la queue qu'elle n'a pas encore vue... Gilles monte au paradis par cette descente aux enfers. Les allers-retours de Lune sur sa fusée sont exemplaires et la pipe qu'elle entame devrait devenir une référence, exposée à Sèvres à côté du mètre étalon. Indubitablement, la pénétration qui s'ensuit est d'une grande fougue. Les martelages labourent la jeune femme qui râle en rythme. Un nouvel orgasme naît et prend vie. C'est presque trop évident, trop facile...

Soudain — sans doute un voisin qui va jeter ses poubelles ? — la minuterie se réveille et la lumière résonne. Pour la première fois de cette brillante nuit artificielle, Gilles voit Lune nue, allongée, son entrecuisse déplié, ses seins solides et offerts : il continue à la pénétrer sans réfléchir au temps qui passe, injustement.

Ils se relèvent après le fameux certain temps qu'il faut au fût du canon pour refroidir. Voilà Gilles dans ses bras pendant qu'elle le masturbe inlassablement de dos, comme si elle le faisait pour elle ; il prie que le temps s'arrête ; il jouit rien qu'en pensant qu'il va jouir. Aussi, ne retenant plus rien, il éjacule grâce aux mouvements divins de la femme qui sent le sperme lui glisser plusieurs fois entre ses doigts. Il se complaît à se vider pour elle, devant elle, dans le couloir des caves toujours désertes, un chemin vers le paradis, une descente aux enfers...

C'était si divin que le Diable peut les emporter à présent, sans regret (s) !

Cinema paradiso

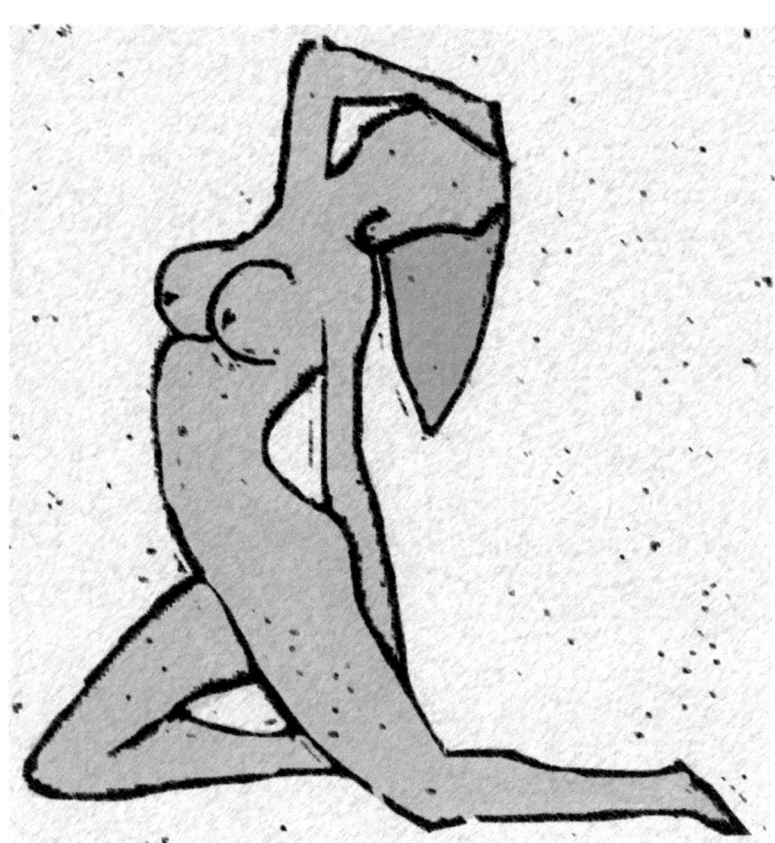

Le téléphone sonne. Lune décroche :

- Ah ! Bonjour Jérémie, tu vas bien ?

- Je vais bien, merci ! Je pensais à toi. Que fais-tu de beau ?

- Je me préparais à sortir, j'ai rendez-vous dans une petite heure en ville avec mon nouveau fiancé pour un déjeuner en terrasse.

- Un nouveau fiancé ? Je pensais que tu étais seule et libre ? Dans une heure ? Si tu te dépêches, tu as le temps de venir m'en parler avant de le rejoindre ? Et même de me sucer, non ?

Jérémie plaisante, n'imaginant pas qu'elle le fasse, mais Lune ne dit autre mot que oui. Elle pense avoir et l'envie et le temps. Elle connaît assez bien Jérémie pour ne pas vouloir lui refuser ce plaisir qui est aussi le sien. Elle termine promptement de s'habiller pour mieux se déshabiller plus tard ; elle ajuste son rouge à lèvres, sa culotte et son soutien-gorge puis se rend chez le garçon d'un pas décidé et pressé : elle n'a pas que ça à faire aujourd'hui !

Jérémie aime ce room service que Lune lui rend de temps à autre, quand bon lui semble. Elle est efficace, rapide, soignée et toujours souriante. Elle fait cela très bien, sans rechigner et est toujours prête à recommencer. Jérémie devra attendre tout de même un bon quart d'heure avant que la bouche chaude de la jeune femme ne vienne l'avaler. Il se trouve quelque peu gonflé cependant, mais ne le regrette pas !

Alors qu'il tourne en rond, son ordinateur le hèle par un son plastique. Quelqu'un — ou plutôt quelqu'une — cherche à lui parler en direct sur un site de dialogue.

– Bénédicte ! Il y a longtemps que je ne t'ai parlé ? Comment vas-tu depuis tout ce temps ?

Elle aussi va bien. Des banalités épistolaires s'échangent sur les jours passés et sur leurs projets sur les mois qui viennent, les semaines qui viennent et, donc, sur la journée qui vient. Jérémie, bien en forme, la provoque.

– Tu sais, je ne peux te parler trop longtemps, j'attends une amie, Lune, qui doit venir me sucer d'ici un quart d'heure, je pense. Elle se fait attendre, mais bon, plus c'est long...

— Hum ! Veinard ! Moi, je suis toute seule, mon copain n'est pas là !

Joueur, Jérémie fait semblant de plaindre son amie virtuelle.

— Pauvrette ! Écoute, je vais brancher ma caméra et tu pourras regarder si tu veux ?

Elle s'inquiète :

— Mais ta copine voudra-t-elle que je la regarde ?

Jérémie ne se pose même pas la question. Lune voudra, d'ailleurs Lune veut toujours, pourvu que ce soit proposé avec respect et courtoisie : c'est primordial. Elle accepte parce qu'elle le décide, pour son bien avant tout. Ceci dit, ceci fait, Jérémie branche caméra et micro et Bénédicte en fait de même. L'interphone finit par sonner quand ils sont prêts. C'est Lune.

Enfin !

Jérémie l'accueille tendrement en caleçon et l'embrasse sur la joue. Lune esquisse un sourire et entre.

– Ah ? Lune, j'ai une petite surprise pour toi, j'ai branché une Web Cam et Bénédicte, une copine, souhaiterait te voir me sucer, tu viens ?

Comme prévu, Lune ne réfléchit pas, se dirige vers la caméra et s'adresse au micro.

– Bonjour Bénédicte ! Ça va ? C'est Lune !

Une petite voix sort des haut-parleurs, répondant que oui. Jérémie place judicieusement la tête de la jeune suceuse pour que la prise de vue (et de vié) soit optimale. Bénédicte-la-voyeuse propose au couple de commencer. Jérémie dévoile sa queue qui pénètre docilement la bouche de l'actrice de passage. Bénédicte offre un compliment sur sa bonne tenue. Lune, quant à elle, ne dit rien, puisque respectueuse des règles que sa maman lui a inculquées petite, à savoir, ne pas parler la bouche pleine. Elle suce, suce et suce. Jérémie savoure et la spectatrice applaudit derrière son écran. Cette chaîne mériterait d'être cryptée ! À présent, la queue de Jérémie alterne entre le sein droit et le sein gauche puis se cale au milieu avant de repartir vers une langue suppliante. Les dix minutes qui passent l'entraînent vers une éjaculation programmée et désirée.

– Bénédicte ? Je vais gicler ! Tu veux bien ? Quel endroit ? Sur le visage de Lune ? Ailleurs ? C'est toi qui choisis !

Bénédicte réfléchit, mais Lune ouvre enfin la bouche :

– Euh ! Si je puis me permettre Jérémie ? Peux-tu plutôt te vider sur mes seins ? Sinon, je ne vais pas avoir le temps de me remaquiller avant de voir mon nouveau fiancé dans un quart d'heure !

Joyeux Noël !

Benoît regarde Lune. Cela fait deux heures qu'il lui parle, face à face, sans trop la regarder, sans qu'elle ne lui offre le fameux signe qui ferait d'eux les nouveaux amants de cette nuit magique. Elle est assise sur son canapé, juste armée d'un tee-shirt un peu long et d'une culotte qui ne demande qu'à s'ouvrir au monde parfois si cruel quand il ne la regarde pas. L'alcool d'un très bon vin de Bourgogne aide la conversation à délier les pensées et de ce fait, les sujets gravitent irrémédiablement autour du sexe. S'ils s'en échappent un instant, les paroles reprennent, comme aimantées, à chaque fois le chemin du plaisir oral. Benoît bande doucement, mais sûrement, et presque sans discrétion, mais Lune ne voit rien ou se refuse à voir : n'a-t-elle pas dit plus tôt qu'elle n'aimait pas prendre les devants, mais ne refusait jamais ses arrières ? Benoît prend des notes, faute de mieux pour le moment. Son problème est de ne pas être banal et il tente à tout prix de sortir des sentiers battus, comme s'il se devait de l'étonner, elle, plus jeune de dix ans, comme pour prouver que son expérience passée lui fait être différent des hommes qu'elle connaît. Certes, il pourrait se jeter sur elle et commencer à la baiser de suite, mais il n'aime pas agir ainsi.

Enfin, pas toujours !

Alors, il attend le moment propice pour la choquer, la provoquer. Il en loupe un quand elle lui dit que son pubis est quasiment rasé ; il n'a pas le temps de demander de lui montrer qu'elle s'est déjà levée pour attraper son paquet de clopes. Il attendra encore un peu, même si à cet instant, il n'est sûr de rien du tout. Il est finalement étonné en premier de voir combien de points communs il a avec cette jeune femme. Par moment, il se demande si elle n'est pas lui et si le destin ne l'a pas mise là pour qu'il se voie tel qu'il est ?

Ou le contraire !

Ils délirent, elle, parlant de ses aventures, de l'homme qui la pénétrait il y a encore à peine une dizaine d'heures, et du prochain qui ne tardera pas à en faire de même, et lui, de ses rêves et des voyages que le corps des femmes lui inspire et du prochain qu'il voit face à lui. Chacun y va de ses projets et des promesses de les réaliser. Ils se jurent d'arrêter de courir pour la prochaine année qui se profile parce qu'ils connaissent trop la futilité de leurs histoires sans lendemain, parfois même sans aujourd'hui, ces histoires des mille et un lits !

Pourtant, ils sont là !

Benoît sait que Lune est dangereuse et que seul son corps peut être aimé, et encore, que pour cette nuit de Noël. Demain avec elle n'existera pas. Elle court pire que lui vers un autre destin qu'elle abandonnera pour un autre, et elle recommencera. Toujours. Tout le temps. Elle baise pour se rassurer et ne pas penser à ce qu'elle est ni à ce qu'elle veut parce qu'elle a peut-être peur de ne pas être, peur d'être seule, peur de ne pas être regardée, peur de ne plus être vue, peur d'avoir peur. Elle ne laisse aucune chance à l'homme qu'elle rencontrera d'être celui dont elle rêve, car elle a déjà rendez-vous avec le suivant ; elle connaîtra son apparence virile, mais son âme lui sera définitivement inconnue ; son plaisir ne sera qu'instantané, lyophilisé, annihilé, édulcoré, écrémé et finalement, erroné. Qui prendra le risque de l'aimer prendra aussi celui de souffrir, parce qu'elle est aimable, qu'elle le sait, et parce qu'elle s'est rendue inaccessible même si elle hurle le contraire. Sûrement qu'elle est sincère, mais sûrement qu'elle reflète l'inverse dans un miroir peu complice. Si ce n'est pas du gâchis, ça y ressemble. Alors, Benoît l'écoute, la regarde, la désire, mais a déjà commencé à l'oublier avant même de l'avoir touchée ! Demain sans elle sera comme hier sans elle : entre ces deux moments, sans doute quelques orgasmes sur un chemin chaotique et cailloux d'un homme et d'une femme qui se croisent, par hasard, par erreur. Les visages s'oublieront aussi vite qu'ils se sont apparu et le souvenir de cette nuit prendra sa place avec les autres. Dans un placard sans lumière.

Comme d'habitude : c'est leur chemin !

C'est la belle nuit de Noël, la neige étend son manteau blanc ! Benoît s'ennuyait chez lui, seul, et il ne s'ennuie plus, chez Lune, avec elle. Ils s'offrent à présent le Champagne et trinquent. Avant que Lune ne boive, il lui ôte doucement sa coupe de la main et lui vole une gorgée pour connaître ses pensées. Il ne l'avale pas et laisse un instant les bulles picoter sa langue. Puis, il prend le joli visage de Lune entre ses mains et vide sa bouche dans sa bouche, pour la désaltérer ; elle engloutit ce premier liquide avec plaisir et le remercie, lui son sommelier, alors qu'elle bascule sur le canapé.

Joyeux Noël !

Bien sûr, ils vont se faire l'amour. Tendrement, presque trop beau pour être vrai et celui qui passerait devant eux pourrait même penser qu'ils s'aiment, qu'ils se connaissent depuis longtemps tant leur complicité est grande et évidente alors que non ! Ils se baisent bien, mais seules leurs expériences individuelles sont responsables de cette superbe apparence. Ils connaissent bien leur boulot ! C'est bien, c'est beau, c'est bon, mais c'est peut-être finalement pathétique, allez savoir !

Alors, les positions s'enchaînent et les voisins profitent. Des pauses s'imposent, lui, à côté d'elle et elle, le cul en l'air, pour se reposer. Lune dévoile avec impertinence deux tatouages qui ne font qu'agrémenter le beau tableau qu'elle représente. L'amour continue, la tempête reprend ses droits et Lune jouit par vagues dans un océan de plaisir. Puis, Lune accepte Benoît qui se déverse dans sa gorge. Elle n'avale pas, elle ne recrache pas non plus et se relève, la bouche fermée, sans dire mot, puis prend sa coupe de Champagne remplie et recrache la liqueur de vie qu'elle conservait précieusement sur sa langue. Le sperme se mélange au doux nectar rémois ; elle regarde son compagnon d'un instant, alors qu'elle porte le verre à sa bouche, comme pour trinquer, et elle l'avale d'un demi-trait, en chantant :

— Joyeux Noël !

Mélodie en sous-sol

Lune se dit être une femme joueuse. Ce sont les pires, enfin, les meilleures ! Ce matin-là, David l'approche donc doucement, gentiment, sûrement très intimidé malgré tout, à reculons, alors qu'elle cherche un renseignement dans un magasin de bricolage qu'elle ne trouvera jamais. Il lui conseille tel ou tel outil, et réussit — il croit que son charme a agi, naïf — à l'inviter prendre un verre pour lire de concert quelque fiches pratiques de bricolage. Si elle accepte, c'est parce qu'elle a soif d'apprendre.

D'abord, ils parlent de tout, puis surtout de rien. David sait bien parler, manier de façon experte la langue et préfère attendre un signe pour l'approcher. Et puis, finalement, quand ledit sujet se présente à ses lèvres, David découvre qu'elle serait même loquace sur le sujet ! En fait, dès qu'elle a eu confiance en lui, elle s'est simplement lâchée. Elle a souvent confiance, il faut dire… Et le midi même, puisque le matin a glissé dans les gorges au rythme des cafés et des thés au lait, il se permet de l'inviter à déjeuner. Et elle se permet d'accepter.

Un petit resto, une table carrée, une nappe Vichy, deux assiettes, deux verres, deux personnes, face-à-face qui se séduisent. Les sujets autour du plaisir continuent à être passés en revue et David, légèrement hypocrite, semble toujours d'accord avec Lune. D'ailleurs, il remarque qu'elle a un tatouage en haut des seins. Un faux certes, mais agréable à regarder. Comme il est toujours armé d'un appareil photo, il lui demande la permission de le prendre, ce qu'elle accepte sans condition. Une photo, puis deux, puis trois, etc. David se risque alors à lui demander une faveur, en la tutoyant soudainement :

– Ne pourrais-tu pas, discrètement, descendre un peu plus ton décolleté afin que je puisse prendre en photo ton tatouage en entier ?

– Oui, bien sûr !

Et bien qu'il soit midi, et qu'il y ait du monde à chaque table, Lune s'exécute bien volontiers, dégageant le sein entièrement. C'est d'ailleurs parce qu'il y a beaucoup de monde autour que personne ne la voit, chacun tellement occupé à son assiette et à son nombril.

Clic-clac fait David.

Mélodie en sous-sol

Lune sourit et semble apprécier le léger culot de David. En même temps, elle aime que les hommes prennent les (et ses) devants. D'ailleurs, pour aider David dans sa conquête, elle lui dit être libre cet après-midi pour faire les magasins et que si cela lui chante, il est le bienvenu pour faire la cigale avec elle. C'est ainsi qu'ils se retrouvent à faire du shopping et à échanger leurs avis sur tel ou tel vêtement. Alors que David insiste pour qu'elle achète un très petit chemisier, Lune lui propose d'abord de venir avec elle l'essayer : il attend sagement — ou presque — dans le couloir des cabines d'essayage ; Lune chantonne, puis ouvre le rideau rouge velours pour se montrer en spectacle. David confirme que le chemisier lui va bien. Lune a néanmoins un doute et le dégrafe en un tour de main lui demandant :

– Tu penses que mes seins seront bien en valeur comme ça ? Ils ne sont pas trop petits ou trop gros ? Ils sont durs et tiennent bien, non ?

David constate de vives mains et confirme qu'ils sont très bien. Les deux autres hommes à côté, qui attendent après leurs femmes, sont du même avis, sans toutefois toucher. Lune évidemment est bien consciente de son public anonyme. Elle est joueuse donc, elle ne va pas être déçue !

Et ils continuent leur première journée au centre commercial du coin, là où David a garé sa voiture. La Fnac puis les Galeries puis le parking. Il n'est que seize heures, mais ils doivent penser à se séparer, du moins, c'est ce que fait croire David pour essayer de l'entraîner dans un endroit plus intime. Ils prennent l'ascenseur, descendent cinq étages, s'offrent quelques légers baisers et retrouvent la voiture de David. Il monte, elle monte. La voiture ne démarre pas. David ne fait rien pour cela. Au contraire, il se tourne vers la droite pour contempler sa compagne, posée sur le siège avant. Il la désire profondément et se dit qu'il lui faut continuer à inventer, à la surprendre, puisqu'elle est joueuse. Aussi se met-il à coincer deux trois plaids écossais sur les vitres et pare-brise, pour non pas créer une obscurité intérieure, mais pour surtout empêcher les passants de regarder le manège qui va se produire dans quelques instants. Car il va se passer des choses, David en est certain : il a un plan !

Il invite Lune à passer sur le siège arrière, plus confortable et commence à l'entreprendre, de façon précise et efficace ; ils se font un amour exigu si longtemps que l'heure limite du ticket du parking est dépassée ; les positions qu'ils tentent sont à la fois inconfortables et délicieuses. Ils jouiront sans retenue dans ce parking, en pleine journée, sans que quiconque ne s'en doute, malgré la buée sur les vitres, les soubresauts de la voiture et la mélodie romantique qui s'en échappe. Et à cette heure, il y en a du monde dans ce parking !

Mais David ne semble pas vouloir en rester là : il propose à Lune de la raccompagner chez elle à une vingtaine de kilomètres. Elle ne peut qu'accepter, épuisée, déshydratée. Aussi quittent-ils les sous-sols. David paie le supplément du parking — près d'une heure en plus — et ils atteignent la lumière naturelle de la ville. Quelle foule tout à coup !

La voiture étant une automatique, elle laisse la main droite du conducteur libre de tout mouvement. David trouve donc tout à fait normal d'attraper sa passagère par son clitoris et de le lui titiller tout le long du voyage, en pleine journée, en pleine ville, comme pour la remercier du moment qu'ils viennent de passer ensemble, comme pour ne pas s'ennuyer sur la route qu'il reste à parcourir. Lune, ne rechignant pas, s'agrippe à la poignée au-dessus de la portière droite tellement cette manipulation lui plaît. Que la voiture s'arrête à un carrefour ou non, peu importe, elle se tord dans tous les sens et elle crie ! Qu'on la regarde par la fenêtre ou non, cela n'est pas un problème, le nouvel orgasme qu'elle se prépare requiert toute son attention. Son corps se libère de la robe qui en oublie ses bretelles sans qu'elle n'y fasse attention, pas plus que les passants ou les autres automobilistes. Cela semble incroyable et pourtant ! On croit toujours être le nombril du monde, mais non, on est plutôt invisible !

Lune jouit enfin devant la porte de son immeuble pendant que David fait un créneau sans peine.

Vraiment, c'est pratique une voiture automatique !

Last action hero

Philippe aime le cinéma. Mais on y voit beaucoup de cette plante herbacée de la famille des brassicacées, cultivée comme plante potagère pour sa racine charnue, consommée comme légume, appelée plus communément navet, dans lesquelles les scénaristes sont souvent comme leurs héros : plutôt fatigués ! Pourtant, il convie Lune, aperçue dans un mariage plutôt sordide et avec qui il eut mille fous rires. Pourrait-il donc en tête à tête continuer à s'amuser ?

Il l'invite donc cet après-midi à venir au cinéma avec lui dans un très grand complexe de la région. Au téléphone, il passe un bon moment à la convaincre comme toujours avec les femmes. Décidément, les femmes sont vraiment prêtes à tout, mais il faut toujours palabrer des heures pour arriver à les décider ; ce n'est plus de la séduction, c'est de la négociation : c'est pénible !

Oui, vraiment !

– Lune, tu verras, ça va te plaire, sauf si tu n'aimes pas jouir, bien sûr !

Ce qu'il faut dire, c'est que le but de la manœuvre est moins de regarder un film que d'entraîner la jeune femme au cinéma pour tout simplement la masturber pendant la projection. Elle se devra d'en faire autant, le tout, en silence pour ne pas déranger les cinéphiles avoisinants. Quel culot de la part de Philippe ! Bien sûr que Lune aime jouir, et bien sûr que Philippe est sympathique, mais quand même ! C'est gonflé ! Non ?

Finalement, elle accepte et confirme le rendez-vous devant le cinéma. Philippe se souvient qu'elle est mignonne : de toute façon, c'est surtout le scénario qui lui plaît et l'excite !

Un coup de métro chacun de leur côté et les voilà au lieu-dit. Philippe la reconnaît et l'embrasse normalement sur les joues et lui propose de choisir le film. Il ne tient pas à lui demander si elle est toujours d'accord : il considère que c'est toujours le cas puisqu'elle est là. Il ne fait rien de particulier ! Ils entrent dans la salle et choisissent deux fauteuils bien à l'écart ; ils s'assoient et attendent que la lumière disparaisse, que le film commence.

Chut !

Dès que c'est le cas, Philippe s'enquiert du goût des lèvres de Lune qui se laisse aller ; sa langue sort de sa bouche et rencontre la sienne, très humide. Il est à penser que le film va être bien ! Pour plus de confort à le regarder, elle s'allonge quelque peu et écarte ses jambes ; la jupe s'étale et permet à la main de Philippe de s'engouffrer et d'atteindre, sans peine aucune, son gentil con. Elle en fait pareillement avec sa verge qui se déploie et les voilà partis pour quatre-vingt-dix minutes de masturbations réciproques et d'extases libidineuses sans interruption, sans compter les pubs et les bandes-annonces !

Le film passe, et Philippe et Lune trépassent. Ils semblent partis pour jouir, mais se retiennent, devant contenir cris et spasmes : il faut respecter le public quand même ! Effectivement, personne ne voit rien, n'entend rien, ne sait rien. Philippe continue lentement en la fouillant d'un doigt, de deux doigts, de trois doigts, de la main. Lune est humide comme une fontaine à Champagne, le sucre en moins, le suc en plus. Elle coule sur son fauteuil, se glisse dans ses envies et jouit dans un quasi-silence, quand les spectateurs rient. De l'autre main, Philippe travaille son scénario sur tout le corps de cette actrice qui connaît son rôle par cul, par cœur. Puis, Lune se penche sur Philippe pour lui offrir l'Oscar de la meilleure interprétation et créer un feu d'artifice d'éjaculats qu'elle s'empresse d'avaler, pour ne pas gâcher, et surtout, pour ne pas salir.

Quand la lumière revient déjà et que le film est terminé, ils relèvent leurs strapontins, enfin leurs fauteuils, comme si de rien n'était, sauf peut-être un peu de sperme sur la commissure des lèvres de Lune…

– C'était quoi le titre du film, au fait ? Parce qu'il était vraiment très bon, celui-là, pour une fois !

Vous avez un message !

Les SMS pleuvent ce matin alors que le soleil s'éclate sur les fenêtres de la chambre de Lune. Mais qui est donc cet homme qui envoie message sur message sans se présenter, sans signer ? Lune est curieuse, mais suffisamment joueuse pour ne pas appeler et découvrir un mystère qu'elle veut pour le moment entier. Elle a tant distribué son numéro qu'elle ne peut deviner l'auteur de cette littérature : la rançon de sa gloire !

– Comment aimes-tu l'amour ?

Lune répondrait bien : pas comme tout le monde... Mais surtout, elle ne peut répondre ça à tout le monde ! Et si c'était une blague, ou un collègue, ou un fou ?

– As-tu envie ?

Lune a souvent envie, même, elle a tout le temps envie. Mais pas n'importe comment et pas à n'importe quel prix, et évidemment pas avec n'importe qui : et pour le moment son inconnu est n'importe qui. Prudence...

– Tu préfères le jour ou la nuit ? Dehors ou dedans ?

Il est vrai que la nature peut être un merveilleux lit pour des amants d'un instant. Et la nuit en plus serait une jolie couverture...

– Aurais-tu peur ?

Non ! Lune n'a pas peur sauf que l'on se moque d'elle. Pour le moment, l'homme ne semble pas agir ainsi. Enfin, elle ne sait pas si c'est un homme !

– Veux-tu jouir avec moi ?

Bien sûr, si cela reste un minimum intellectuel. Déjà, les messages ne contiennent aucune faute.

Et ils conversent sans jamais s'entendre, mais tout en s'écoutant. Il est à craindre que le forfait injustement limité sera dépassé ! Peu importe... Le téléphone retentira cent, deux cents fois durant la journée, Lune ne réussissant pas à décrocher de cette histoire qui l'incite au plaisir qu'elle a mis tant d'années à peaufiner. Les questions sont précises, les mots sont justes...

– Ce soir ?

Et pourquoi pas ? Mais Lune redoute que la suite ne s'écrive de façon habituelle : un coup de téléphone, un verre dans un bistrot, des attouchements légers et précis, un premier baiser et puis... routine !

– Alors, ne m'appelle pas, je vais te donner toutes les instructions par SMS.

Lune décide donc de ne rien décider.

– Je te donne rendez-vous à la sortie d'autoroute 25 vers vingt-deux heures. J'y serai avant toi. Gare-toi sur le parking derrière moi, j'ai une voiture rouge. Active tes feux de détresse pour me dire que tu es arrivée, je te répondrai pareillement. Ne descends surtout pas de ta voiture, je t'enverrai un message pour la suite. Dernière chose : ne t'habille pas trop, s'il te plaît...

Ça lui plaît, ça tombe bien ! C'est le printemps, c'est aussi la nuit et c'est dans une heure. Lune choisit donc une robe très légère et fleurie pour s'harmoniser avec la campagne tout autant égayée. Elle s'arme d'une paire de spartiates et c'est tout. Elle a décidé d'obéir donc... La route est courte jusqu'au lieu de rendez-vous et comme prévu, une voiture rouge l'attend. Elle se glisse derrière et active le signal : il répond, c'est bien lui ! Un message crépite alors dans le sac de Lune :

– Suis-moi avec ta voiture pendant un kilomètre. Quand je m'arrêterai, fais-en autant. Je t'enverrai alors un dernier message.

Le mini cortège emprunte la nationale et quasi aussitôt bifurque vers une route de traverse qui s'enfonce et dans un champ et dans la nuit. Quand le chemin est devenu de terre et impraticable, il stoppe. Lune ne bouge plus et attend les instructions qui ne tardent pas à vibrer :

– À présent, tu vas sortir de ta voiture ; tu vas te déshabiller complètement et tu vas t'allonger, écartée sur le capot de ma voiture. Quand je l'aurai décidé, je sortirai de la mienne et je viendrai dévorer ton fruit avant même que tu n'aies vu mon visage ou entendu ma voix. Tu peux encore faire demi-tour et repartir. À tout de suite ou à jamais...

Lune est là et son soleil l'attend : aussi, s'exécute-t-elle lentement pour ne rien perdre des secondes jusqu'au moment où... Le capot de la voiture est chaud : elle pose son dos tout contre et met ses jambes et ses bras en X. Elle ferme les yeux et attend et entend : des bruits de pas, des craquements d'herbes plus sèches qu'elle, puis des bruits de mains sur la carrosserie et enfin, une langue qui la fouille comme prévu, comme imprévu. Lune ouvre les yeux, discute avec les étoiles et leur confie son orgasme en les questionnant :

– Mais à qui est cette langue qui se donne à ma chatte ?

Le déclic

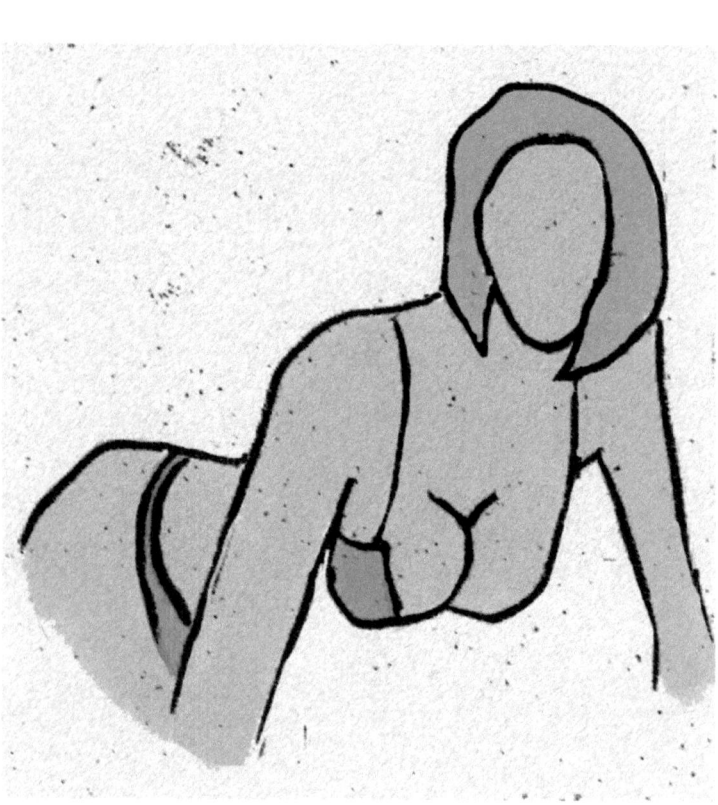

Le déclic

Lenzo a décidé de provoquer Lune puisqu'elle réclame à cor(ps) et à cri que l'on mette de gros morceaux de suc dans sa vie. Soit ! Ils se sont donné rendez-vous en cet hiver à l'heure où les chiens bavardent avec les loups. Ils sont assis face à face, les coudes sur la table trop petite du restaurant, leurs mains sur leur menton, s'approchant l'un de l'autre presque trop. L'endroit est particulièrement achalandé : toutes les tables sont occupées par différentes gens et la promiscuité qui se dégage oblige Lenzo et Lune à se parler fort, à se parler doucement.

– Lune ? Prends ceci et va dans les toilettes pour le découvrir. Ne reviens pas sans l'avoir utilisé, s'il te plaît.

Et Lenzo joint le geste à ses douces paroles et à son joli sourire, et lui offre un cadeau de presque Noël ; Lune, évidemment curieuse, accepte le défi et le paquet à peine plus gros qu'un rocher Suchard. Elle se lève avec délicatesse pour ne pas déhancher la table nappée Vichy, traverse la salle comble comme elle aurait fait dans un défilé de mode et s'enferme dans la petite pièce prévue à cet effet, à l'autre bout, près des cuisines envoûtantes et épicées. Elle déshabille — viole —

son cadeau et découvre très rapidement un petit œuf rose en plastique surmonté d'une attache métallique en or feint ; elle comprend rapidement qu'il lui faut le mettre précautionneusement dans son vagin. Sans hésiter, elle remonte sa jupe, écarte le mince filet de sa culotte dentelée et l'introduit après l'avoir glissé dans le préservatif joint. Il ne se passe rien sinon une sensation plutôt agréable d'être pénétrée. Elle tire la chasse d'eau pour faire croire que... et retraverse la salle sous les applaudissements silencieux de quelques hommes hypocrites venus en couple et qui matent. Elle s'assoit sans dire mot, mais en esquissant sourire.

– Vous avez choisi ?

Le chef de rang attend la commande sans sourire, lui. Au moment précis où Lune va se décider pour le *menu gourmet* et l'annoncer, elle sent subitement ses cuisses pourtant serrées vibrer. Sa voix déraille :

– Vous avez dit Madame ?

Mais Lune ne dit plus rien tant la situation est inattendue, bien que pourtant prévisible. Le plaisir qu'elle reçoit de cet œuf plutôt magique est prenant, totalement prenant. Ses yeux s'écartent aussi…

– Elle prendra comme moi, répond Lenzo, pas mécontent d'avoir surpris cette jeune femme un peu trop sûre d'elle.

Puis, les vibrations s'arrêtent et Lune revient à une réalité plus terre-à-terre, loin des cieux qu'elle vient de fréquenter. Elle a compris ce qui se passe et s'en réjouit d'avance, espérant même le retour du serveur le plus rapidement possible pour que cela recommence. Et effectivement, Lenzo, alors qu'il a commandé des apéritifs, à leur arrivée, active le bouton on/off de sa télécommande sans fil. Aussitôt, le vagin de Lune se remet à trembler de manière aléatoire, de façon exquise, faisant presque trembler les glaçons dans le verre alcoolisé qu'elle tente de tenir ! Et puis ça s'arrête, et puis ça recommence, alors que les voisins improvisés ne sont qu'à moins d'un mètre, devant, derrière, à côté…

Lenzo utilise son sexe-jouet à discrétion ; Lune est de moins en moins impassible malgré des efforts méritants. Pourtant, l'un et l'autre ne discourent pas sur cette activité ludique — mais sérieuse — comme si seule Lune s'extasiait devant le charme de Lenzo ! Et les plats se succèdent...

Aura-t-elle un orgasme ou pas ? Impossible de le savoir, car elle reste de marbre, vibrant de l'intérieur sans un bruit, sans un râle, juste en se mordant les lèvres et en respirant un peu plus fort que la normale. Elle qui aime tant crier se retient comme accrochée à une corde qui l'empêcherait de tomber dans un trou noir.

Elle rêve...

Elle rêve qu'elle est dans un train-couchette — d'Aulnay-sous-Bois à Istanbul ?! — et que son compagnon lui fait l'amour en lui ordonnant le silence pour ne pas réveiller les autres passagers du dessus, du dessous. Elle rêve qu'elle est à son bureau et qu'un inconnu la langue profondément alors qu'elle reçoit un client qui ne se doute et ne doit se douter de rien. Elle rêve qu'elle est dans le métro de Moscou, de New York ou de Tokyo, qu'un homme la pénètre de dos et qu'elle doit continuer sa conversation professionnelle avec une amie face à elle sans qu'elle ne soit troublée.

Elle rêve qu'elle jouit...

Et elle jouit.

Ocean's Eleven

Thomas en connaît beaucoup plus sur la disparition des dinosaures il y a soixante-cinq millions d'années que sur les orgasmes des femmes, un des grands mystères de son Univers. Il fait partie de ces hommes qui ne peuvent être satisfaits que si leurs partenaires — même que d'un seul soir — ont joui. Non, il n'en fait quand même pas une affaire personnelle de virilité et de machisme ! Il trouve cela simplement normal et équitable. Aussi s'attarde-t-il sur ses sujettes avant d'en jouir lui-même. Et quand bien même percerait-il le mystère d'une femme, son étude ne serait valable que pour celle-ci, devant recommencer son étude avec la suivante. Quel travail ! Et il est particulièrement satisfait quand il réussit à offrir un orgasme même laborieux... Quand il parle scientifiquement de cela avec Lune alors qu'ils se sont croisés en ville, et que la discussion s'est déjà érotiquement égarée, il n'arrive toutefois pas à imaginer comment et combien de fois Lune pourrait-elle jouir : Thomas connaît suffisamment les femmes pour savoir qu'elles ne fonctionnent pas toutes la même façon — tant mieux d'ailleurs ! Alors, ils continuent à débattre comme ils feraient pour une recette de cuisine, à savoir s'il faut du sel ou plutôt du sucre ! Cela amuse la jeune femme qui se dit qu'après tout, cela serait intéressant pour elle d'aller au-delà de ses limites habituelles. Au moins, tenter !

– Et combien de fois crois-tu pouvoir me faire jouir mon cher Thomas ?

– Mais je n'en sais rien, Lune, absolument rien ! Tout ce que je peux faire, c'est prendre du temps et m'occuper de toi comme tu en as envie ! Mais le nombre, je n'en sais rien : nous n'aurons qu'à compter, si je trouve la piste de départ !

Il est vrai que Lune a trouvé Thomas assez prétentieux et c'est pour cela qu'elle s'est arrêtée : pour voir jusqu'où il peut aller. Et finalement, il semble être plus humble qu'il n'en a l'air et surtout, pas sûr de lui. Ce qui prouverait sa sincérité...

– Soit ! Voyons cela, je suis assez curieuse.

Thomas apprécie ce défi autant que le corps de la jeune femme qui ondule sous le vent léger, mais coquin.

– Comment vas-tu pratiquer, je t'écoute ?

– Mais ! bredouille Thomas, je ne vais pas pratiquer ! Je vais simplement faire l'amour avec toi. Sois toi-même. Je te demande juste de te lâcher, de me parler, de me guider, et bien sûr de ne pas te retenir. Nous allons prendre notre temps, j'insiste, et nous verrons bien !

– C'est tout ? taquine-t-elle Thomas.

– Voudrais-tu que je sorte des produits venus d'un autre temps et d'un autre âge ! Que je te fasse avaler des potions plus ou moins magiques, des aphrodisiaques avec des résidus de sperme de dinosaures ?

Ce qu'il y a de bien avec Lune, c'est que lorsqu'on parle de sexe de façon courtoise, libérée et hors de la normalité, cela l'excite au plus haut point G ! C'est pour elle d'excellents préliminaires.

– On y va ? demande-t-elle.

Thomas réside tout près d'ici, à quelques venelles... Les quatre étages avalés, il s'approche de Lune qu'il bascule sur le club et l'embrasse voracement en déposant sa main entre ses cuisses sur son jean particulièrement trop serré.

– On y est ! répond-il.

Il va se passer entre eux quelques longs moments de caresses, de tendresses, de douceurs et d'espoirs. Lune sait que son premier orgasme sera somme toute facile à obtenir, le second aussi — d'autant qu'elle en a envie, Thomas est charmant —, mais en y aura-t-il d'autres ? Thomas quant à lui sait une chose primordiale pour arriver au résultat escompté : il doit garder en lui le plus longtemps toute cette fougue, tout ce désir pour elle, tout cet entrain, et donc, ne pas jouir trop tôt pour ne pas tout voir s'évaporer. Aussi, quand Lune l'avale, ne lâche-t-il que quelques gouttes de sperme sur sa langue qu'il embrasse aussitôt.

Comme prévu, comme souvent, au bout de quelque dix minutes, Lune a déjà joui deux fois : par la langue de Thomas et par sa main. Celui-ci sait que pour la suite, il lui faut réaliser une position qui serait à la fois agréable pour Lune et la moins éprouvante possible pour lui du point de vue sensation pour durer, car c'est ça le secret : durer ! Alors, il s'allonge sur le dos et elle s'empale sur lui ; elle se frotte le clitoris tout en sentant son vagin envahi par Thomas qui l'agrippe par les seins ou par les cuisses ou par les hanches en la regardant dans les yeux, captant son regard. Lune se sent ainsi complètement entourée et rassurée, en confiance ; elle se sent tant possédée qu'elle jouit une troisième fois. Comme Thomas, par cette position, n'atteint pas le point de non-retour, il peut continuer ce petit jeu d'adulte et tenter le high score. Et à la fois lentement et rapidement, Lune jouit une quatrième, une cinquième, une sixième fois. Puis, il s'arrête de bouger pour profiter du sourire de Lune qui n'en revient pas :

– Mais comment fais-tu cela, Thomas ?

– Je ne fais rien Lune ! Je t'écoute, je te regarde, je vais dans ta direction, tout simplement. Et je prends mon temps ! Tu es si belle à regarder, si tu savais... Tes mimiques, tes grimaces, tes sourires, tes contorsions de plaisir ! Et tu voudrais que je n'en profite pas encore et encore ?

Lune alors se caresse, fière de se montrer si belle et atteint un nouvel orgasme, le septième. Comme beaucoup de femmes, elle pense qu'au bout du premier ou du deuxième orgasme, il est temps de s'occuper de son homme avant qu'il ne se plaigne. Pourtant, l'homme, souvent, est heureux du plaisir qu'il donne : plus sa partenaire, sa complice, sa baiseuse jouira, plus il jouira lui-même ! Alors, pourquoi se priver de cela ? Lune décide donc de jouir une huitième fois en toute impunité. Elle embrasse Thomas en se penchant sur lui, posant ses seins sur son torse, alors qu'avec ses mains, il lui écarte les fesses pour mieux la marteler. Pendant ce baiser, elle jouit une neuvième fois. Elle écarquille les yeux autant de surprise que de plaisir quand il pénètre son petit trou avec son index : il synchronise les subtils mouvements pour atteindre le chiffre rond de dix orgasmes. Ce n'est qu'après son onzième que Lune abdiquera en prenant soin dans ses mains du sceptre de Thomas : une main malaxant les bourses du bonheur, une autre branlant le piston huilé et la langue lunaire sur un gland fruité emportent Thomas loin d'ici.

Loin...

L'important n'est pas de battre des records, Thomas le sait bien. Il faut juste aller toujours un peu plus loin que la veille, c'est tout, et peu importe d'où l'on part et où l'on va, c'est le voyage qui est souvent le plus beau.

Au clair de Lune

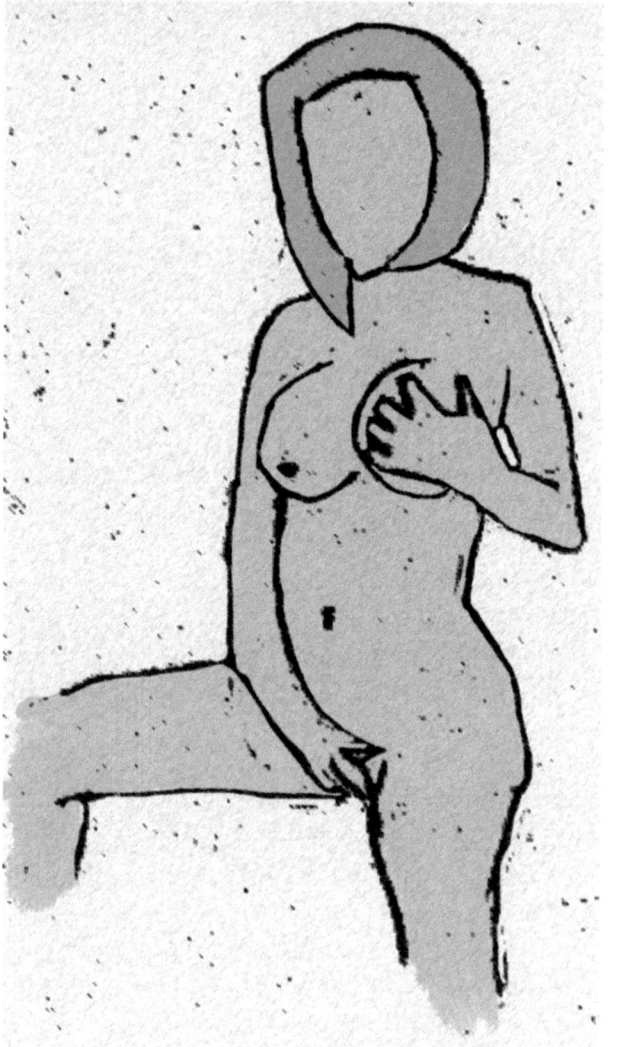

Mais Lune n'a pas toujours été Lune. Avant, elle était une autre ; cette autre par défaut, par obligation, par coutume, par morale. Celle qu'elle était parce que c'est comme ça qu'elle devait être — ou qu'il fallait être — parce que sinon *ce n'est pas bien* et que le Bon Dieu, les parents, les amis, pourraient être mécontents ! Alors, elle a fait là où on lui a dit de faire, sans rechigner, sans penser à autre chose, car sans doute, il n'y avait rien d'autre à penser que de suivre une voie bien trop droite pour être finalement honnête…

Et quand elle a compris que sa propre morale pouvait être une autre morale et que ces deux morales détenaient une vérité en elles qui étaient à la fois contradictoires et complémentaires, alors elle décida de devenir ce qu'elle était. N'en déplaise au Bon Dieu, qu'on lui avait imposé, elle négociera directement avec Celui en lequel elle croira désormais.

Mais les prémices ne furent pas aussi évidentes : Lune fit tout pour se cacher d'elle-même. Dans sa vie de tous les jours, et surtout dans sa vie professionnelle, elle n'aurait pas aimé être cataloguée, dévisagée, jugée, alors qu'elle cherchait simplement à être appréciée. On ne lui avait pas appris qu'elle avait le droit de choisir et de faire le premier pas. C'est parce qu'elle a trop attendu qu'on vienne la chercher qu'elle n'a jamais avancé sinon dans une mauvaise direction, celle de la convenance. Elle ne se refusait pas, mais elle ne donnait aucun signe pour que cela se fît. Elle sait seulement aujourd'hui que ce n'était pas la meilleure solution.

Par exemple, quand un jour d'automne, Sébastien vint lui faire ses adieux, car muté à des centaines de kilomètres d'ici et d'elle, elle accepta son baiser inattendu sur la bouche ; elle le lui rendit en se disant qu'elle aurait pu (dû) anticiper cet échange, donnant naissance à une histoire, une aventure, à du bon et merveilleux temps, en tout cas. Mais ce jour-là, du temps, il n'y en avait plus : aussi se promit-elle solennellement de ne plus jamais attendre qu'il soit trop tard, qu'il soit trop loin, qu'il soit plus là pour agir. Il était temps pour elle d'utiliser le capital physique et moral qu'elle possédait. Bien sûr, il était hors de question pour elle de ne pas suivre cette conduite stricte qui était de trouver l'homme de sa vie — se disait-elle pour se rassurer et valider sa nouvelle route ! Elle comprit vite qu'elle risquait sur ce chemin particulièrement sinueux de trouver plus facilement les hommes de ses nuits.

Tant pis ! Tant mieux...

Alors, elle se mit à choisir et à se laisser choisir par les hommes qui la séduisaient, le plus souvent, involontairement. Elle prit goût aux rencontres en cachette, aux doubles et triples jeux. Elle s'amusait profondément du regard de ceux qui la prenaient pour ce qu'elle n'était plus. Elle préférait de toute façon être considérée comme une *coincée du cul* plutôt que comme une *salope*. D'ailleurs, elle surprit Antoine, un simple collègue, sur un malentendu qui les rapprocha :

– Antoine ? N'oublie pas de passer me voir ce soir !

Lune avait omis de compléter sa phrase par à *mon bureau pour me donner ta fiche de congés*. Antoine répondit donc naturellement et rapidement sans lever la tête, riant par avance de sa répartie :

– Ma chère Lune : pourquoi pas ? Mais je n'ai ni ton numéro de téléphone ni ton adresse perso, tu sais ?

Lune trouva ce quiproquo amusant et elle lui indiqua ses coordonnées sur une feuille volante. Antoine le soir ne se décontenança pas et l'appela puis accepta un rendez-vous dans la foulée de la nuit naissante et frileuse. Il alla boire un premier verre chez elle avant de lui faire l'amour, le regard abasourdi par tant de culot, par tant de plaisir : jamais il n'aurait imaginé que... Il est évident que le lendemain et les jours qui suivirent, Antoine garda le silence et le secret incroyable de Lune, ne voulant subir la concurrence de ses autres collègues assez voraces en ce milieu professionnel guerrier. Antoine profitera des nuits et de Lune, mais le jour, il fera comme si de rien n'était. Même, ce matin-là, alors qu'il passa la nuit à compter les étoiles dans les yeux de son satellite... Il entra dans la cafétéria où la jeune femme prenait de l'énergie dans un café d'une noirceur à l'opposé du soleil incisif qui déchirait les fenêtres, invitée par un prétendant qui restera pour l'anecdote *sans suite*. Antoine s'assit à une autre table, saluant oralement sa partenaire de la nuit et son collègue du jour. Ce dernier se retourna, branlant simplement sa tête pour répondre. Son regard en dit long en des mots qu'il ne prononçât pourtant pas :

– Tu as vu ? C'est avec moi que Lune prend son café ! Ça t'en bouche un coin, hein ? Je vais me la faire, et pas toi ! Tralala…

Antoine ne répondra pas plus que ce fut avec lui qu'elle prît son pied quelques heures auparavant… Lune appréciera ce respect complice et lâchera un petit sourire qui fera tout à coup pâlir le soleil pourtant motivé, mais soudainement vexé !

– Tu sembles fatiguée, Lune ?

– Oui ! Antoine, j'ai passé une nuit sans presque dormir, une nuit agréable toutefois…

Lune gagna ainsi un premier point dans sa propre estime : elle se sentit grandir tout simplement parce qu'elle décidait, enfin ! Antoine la respectait et c'était bien là son plus bel encouragement à continuer.

Il lui fallait juste ne pas se montrer *facile* tout simplement parce qu'elle avait envie de réaliser des — ses — fantasmes. Aussi, l'Internet l'aidera-t-elle à avancer sans trop se faire remarquer. Elle est curieuse, et a envie d'apprendre des autres avant d'apprendre aux autres. C'est donc sans gêne qu'elle aborda un connecté dont le pseudo était le Prof. Les mots osent ce que les paroles trop souvent bégayent : l'art des mots plutôt que l'art de la guerre !

– Dis-moi, le prof ? Pourrais-tu me dire comment bien sucer un homme, s'il te plaît ?

Ce ne fut bien sûr pas si direct et si précis que cela, mais en substance, tout était là, tout était dit !

Le garçon n'hésita pas à lui prodiguer quelques conseils plutôt personnels sur la tenue et la conduite à avoir en pareil moment pour que l'homme jouisse comme jamais. Lune trouva cela fort intéressant, mais quelque peu trop technique. Le prof lui proposa donc de passer à la pratique chez elle afin d'organiser une formation très particulière. À peine le temps de l'écrire sur le clavier qu'il était déjà chez elle. Bonne élève, Lune écouta, reproduisit, se trompa, recommença, pria qu'on l'excusât sans se faire punir pourtant et réussit l'examen lorsque le formateur éjacula dans sa bouche. Lune prit tant de plaisir à le regarder qu'elle jouît aussi sans même se toucher !

De cet homme, elle apprendra aussi la sodomie et plus concrètement le sexe pour le sexe.

Ce n'est pas vraiment ce qui lui plaisait le plus, mais le jeu en valait largement l'orgasme. Ce qu'elle n'apprendra pas de lui, c'est son prénom ! L'autre jeu qui lui plaisait, c'était séduire et être séduite. C'est l'Amour avant l'amour, le souffle d'un baiser avant le baiser, les frissons avant les tremblements. Elle se savait sur la bonne voie : il lui suffirait juste d'être prudente quant au choix de l'Autre.

Et des Autres, il va y en avoir beaucoup comme il va y avoir beaucoup d'échecs. Mais ces échecs lui apprendront beaucoup sur elle-même, même si parfois elle sera blessée, meurtrie, mais jamais détruite. Et en une dizaine d'années, avant d'atteindre sa réelle et décalée majorité, Lune va connaître des hommes terriblement différents, incroyablement semblables. Comme dit la chanson, elle va se sentir femme tout en n'oubliant jamais de rester inaccessible et interdite quand elle ne voudra pas. De ce fait, elle sait qu'elle ne baisera jamais sans sentiment, sauf quelques rares fois où le scénario l'exigera. Elle se fera respecter comme elle respectera. Il y aura bien sûr des erreurs...

Souvent imprévisibles et dites de jeunesse, ses erreurs ressemblèrent plus à des mensonges, à des mensonges d'hommes qui pensaient que pour la prendre il fallait obligatoirement lui mentir, comme lui promettre l'Amour... Quel gâchis et quelles erreurs ! Elle se serait bien passée de certaines de ses souffrances après l'amour. Malgré tout, elle comprit que l'homme et la femme jouaient un rôle dans une séduction pas aussi moderne que ça finalement. C'est pourquoi Lune a décidé un jour — une nuit — de sortir de cette routine déplaisante autant moralement que physiquement.

Mais il y avait des risques !

Alors, elle va apprendre à ranger toutes les parties de sa vie dans des tiroirs puis dans des armoires qui ne communiqueront pas. Personne, jamais personne, ne devra se douter de ce qu'elle est et de ce qu'elle fait : c'est tellement important pour elle de ne pas être jugée, surtout par défaut. Elle est consciente des conséquences du jugement des hommes envers les femmes, et même des femmes envers les femmes, et donc des dégâts occasionnés. Aujourd'hui, Lune ressent toujours et encore ce jugement inspiré par la jalousie, l'envie, l'impuissance, les erreurs de parcours et le temps qui passe. Ce n'est pas parce qu'elle a envie de succomber aux hommes qu'elle est une *mauvaise* femme. Elle n'a pas envie d'endosser une réputation qui lui serait déplaisante, car lâche, anonyme et donc impossible à contrer. Le jour où il lui sera possible de baiser *en plein jour* n'est donc pas encore arrivé ! En fait, il n'arrivera jamais, il lui suffit juste aujourd'hui d'être un autre personnage de ses fameux tiroirs…

Alors, elle baisera grâce ce personnage qu'elle n'a pourtant pas inventé, mais qui l'oblige de se cacher du grand jour. Et personne ne saura combien d'hommes elle aura touchés, embrassés, sucés et, peut-être, aimés.

À présent, c'est donc son côté obscur qui la rend attirante : Lune est une femme de tous les jours normale et déroutante. Elle sait par ces mots provoquer l'autre et attendre ensuite une réponse : si elle est ludique alors elle prend, sinon elle passe. Elle sait jouer de sa féminité, de ses formes pourtant pas exceptionnelles, elle sait frôler, titiller, se déhancher. Elle sait faire ce premier pas sans que l'autre ne comprenne que c'est un premier pas. Elle ne piège pas, elle ouvre la voie, les voies, par des signes qui autorisent, qui confirment, qui ordonnent...

Elle ne considère pas pour autant l'homme comme un accessoire de son plaisir puisque son esprit est une composante à la réussite de ses jeux. Et un esprit, ça ne se conquiert pas en deux minutes.

Jamais elle ne jouira que physiquement, jamais...

Des risques ?

Fut-elle folle lorsqu'elle accepta de monter en voiture avec Gianni qui lui demanda, alors qu'il faisait nuit, de s'exhiber devant ses phares hallucinés, sur le pont de l'autoroute ? Et s'il était parti, la laissant là, nue et seule ?

Fut-elle inconsciente lorsqu'elle accompagna Thierry dans la forêt humide, toujours la nuit, pour avaler sa sève au bord d'un chêne ? Qui aurait pu la sauver si tout à coup Thierry... ?

Fut-elle hors-la-loi lorsqu'elle descendit une grande artère d'une non moins grande ville au bras de Laurent, les seins offerts derrière un tee-shirt trop petit au regard des passants qui finalement ne virent rien ?

Fut-elle saoule lorsqu'elle accepta de jouer à qui ferait pipi le plus loin avec Didier ? Surtout qu'elle perdit !

Fut-elle délirante quand elle se fit raccompagner en voiture, nue sur le fauteuil passager, en plein jour pendant quelque trente kilomètres ? Surtout qu'il y avait des bouchons !

Fut-elle irréfléchie à ce point pour se faire prendre en photo, dans toutes postures, toutes tenues, surtout les pires et les meilleures, sans imaginer ce qu'elles pourraient devenir, plus tard, trop tard ? Et parfois même, en vidéo ?

Fut-elle insensée de se présenter nue chez Clément, pour boire un thé, et rien de plus, sinon croquer des petits gâteaux à l'orange et à la cannelle ?

Fut-elle écervelée pour parler à une amie au téléphone *comme si de rien n'était* alors qu'elle se faisait lécher dans le plus grand des silences par Jean ? Fut-elle ingénue pour recevoir Charles dans sa baignoire avec champagne, caviar et bougies sans l'avoir vu auparavant ?

Fut-elle femme à faire tant de jeux d'homme ?

Fut-elle ou ne fut-elle pas ? Ne serait-elle qu'un simple rêve, qu'un vulgaire fantasme, qu'un cauchemar de débauches ? Ne serait-elle que le fruit d'une imagination fertile d'hommes en quête de sensations ? Est-elle unique, introuvable, enfouie dans une Terre profonde ou est-elle une sublime et chaude fusion de mille et une femmes ?

Qui l'a déjà vue sans s'en rendre compte a trop vite passé son chemin... Qui l'a déjà vue ? Qui les a déjà vues ?

Lune, continue ta route ! Personne n'est apte ni autorisé à te juger, à te condamner, à t'exécuter ; tu n'as rien fait qui te vaudrait pénitence et bannissement ; tu as juste eu le culot de vouloir t'écouter et de vivre tel qu'on te l'avait interdit : tu mérites la peine de vie pour tout cela !

Lune, au clair de Toi, des Hommes ont été heureux.

Et toi aussi...

L'hôtel de la plage

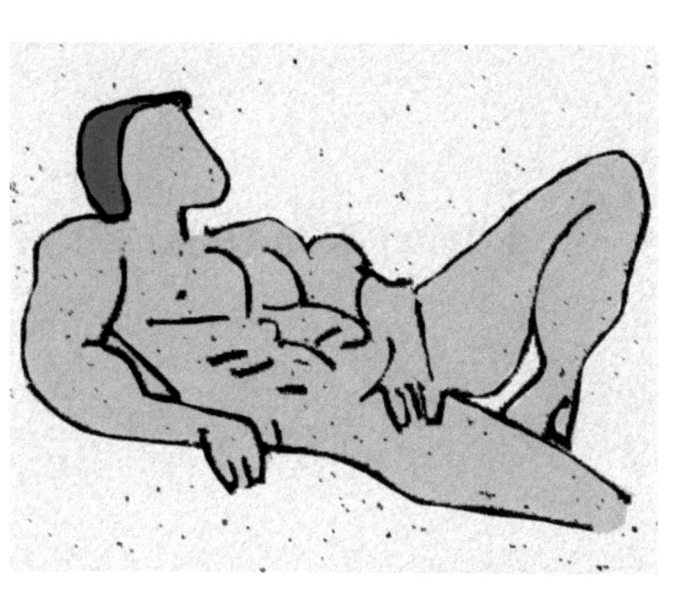

Le sable est humide d'un été tendre qui ne veut pas mourir ; la journée est reposante, à peine une brise venue de la mer lèche une plage violentée par le soleil. Il n'est pas tard, il n'est pas tôt, il est l'heure de se détendre, pas encore celle de compter les étoiles sur le bout de ses rêves jusqu'à les toucher. Le lieu est désert ou c'est la nuit qui le rend désert. Peu importe. Allongés nus, les corps de Pierre et de Lune se taisent ; il semble pourtant que quelques voix se mélangent aux vagues libérées des nageurs de l'après-midi et des enfants bâtisseurs de châteaux.

Il semble.

Il semble aussi que la vérité en cet instant n'a pas d'importance ; ils sont là, presque seuls au monde, envahis de bonheur et de béatitude ; leurs vies sont devenues tout à coup calmes, sans souci, presque idylliques, et le temps, devenu complice, a accepté de ralentir pour eux.

Cadeau !

Ils attendent lentement un autre couple qu'ils ne connaissent pas, venu d'un site où l'on se cherche, où l'on se trouve. Quand quinze heures sonnent au loin en l'église fière de ce joli village d'azur, Marine et Luc se profilent en contre soleil et s'approchent, au lieu dit du rendez-vous, sur la plage déjà chaude. Ces deux jeunes personnes saluent courtoisement et simplement Lune et Pierre, et s'installent près d'eux, étalant leurs serviettes et leurs corps qu'ils dénudent, comme pour mieux faire connaissance, sans droit au mensonge, car sur cette plage, on doit tout dire.

Et ils se parlent.

Puis, Pierre se lève et entraîne Lune d'une force certaine vers la mer qui n'attendait que ça, elle aussi. Luc et Marine en font tout autant. Il fait si chaud, et plus encore !

Au loin, un homme assis sur un banc d'abord voit, puis regarde.

Les quatre nouveaux amis, deux par deux, semblent eux avoir passé l'heure de se parler : voici enfin celle de se toucher. Les couples s'embrassent, conjointement, Lune avec Pierre, Marine avec Luc. Puis, les règles changent : Lune s'approche alors de Marine, Pierre restant définitivement à distance de Luc. Les baisers que les deux filles s'échangent provoquent l'homme sur la plage, toujours attentif.

Enfin, en toute logique, elles fondent sur leurs hommes. Lune vers Luc, et Marine vers Pierre, vont s'échanger mille courtoisies langoureuses. Pierre enlace sa nouvelle sirène, cachant encore son corps dans la bleutitude insolente de la Méditerranée. Il n'hésite pas à lui faire sentir contre elle son envie précise qui, comme par instinct, cherche déjà sa route vers une issue plus que probable. Marine se blottit contre Pierre qui l'attrape par les fesses. Ses tétons refroidis pointent sur son torse comme une double piqûre d'insecte dans cette jungle océane. Ils comprennent qu'ils vont s'adorer comme des fous dans les minutes à venir.

Lune et Luc nagent encore le temps de se désirer encore plus et de saler leurs corps pour un plaisir pourtant sucré ; ils se retrouvent, se quittent, se retrouvent ; ils mélangent bouches et langues en se laissant glisser sous l'eau pour un baiser plus qu'humide, en apnée juvénile. Enfin, tous les quatre poursuivent le flux et courent vers la plage pour s'étendre violemment dans cet hôtel improvisé, sans mur, sans toit, et avec un seul lit de sable brûlant et brûlé.

Combien de secondes se seront écoulées avant que Lune n'avale la virilité évidente de son étalon de mer ? L'homme est alors immédiatement projeté dans les étoiles, au-dessus de lui. Au fur et à mesure de la succion délirante, il décolle et vole de plus en plus haut. De plus belle, elle s'agrippe à cette fusée inattendue. Il sourit. Il pense que s'il éjaculait à cet instant, elle décollerait à son tour, comme propulsée, accrochée à son orgasme. Néanmoins, Marine est prudente. Elle sait s'arrêter avant que les moteurs ne s'enflamment, à une demi-seconde près, à une demi-goutte près. Elle se recule alors et le regarde en se levant, lui souriant amoureusement. De ses doigts agiles, elle s'écarte les lèvres, offrant un abyme à combler d'extrême urgence. Pierre, ainsi supplié, s'y rend, par ses doigts comme pour mesurer, par sa langue comme pour goûter, et par ses yeux comme pour visiter.

Quant à Lune, elle s'abandonne aux plaisirs que lui procurent les va-et-vient digitaux de Luc. Le silence s'emplit de ses gémissements, qui se mélangent à ceux d'une mouette, un peu plus loin, sur la plage. Peut-être fait-elle aussi l'amour, la bienheureuse ? Quand Luc l'ensemence enfin, ils chantent ensemble. La voilà calmée par ce jet dans sa gorge brûlée, comme un sirop, pour attendrir ses cordes vocales que ses cris d'extase ont fait souffrir.

Naturellement, la paix reprend sa place un court instant, comme par nécessité ; les amants se reposent, dos au sol, visages au ciel. Ils n'attendent plus rien, sinon la douceur du temps qui passe, pour rien, pour eux. Dieu ! Que le moment est somptueux, voluptueux, confortable, innocent ! La main dans la main, les voilà face à l'univers, le remerciant de l'extase qu'il leur a offerte.

Enfin, Lune rejoint Marine qui s'occupe de Pierre d'une bouche experte et elle y joint ses mains. Des gens passent sur la plage, on s'en moque, ils regardent sans doute, ils ont le droit d'en profiter aussi. Tout comme l'homme du banc qui semble dissimuler un acte solitaire pourtant honnête et flatteur, au vu du spectacle. Et, en un instant incroyable, Pierre éjacule vigoureusement, en tenant les seins de ses deux esclaves masturbatrices avec ses deux mains : elles lui sourient.

Puis, retour à une pseudo normalité, Marine se glisse vers Luc sur lequel elle pose sa tête. Lune s'agrippe à Pierre : la passion est toute proche, la sérénité aussi. Le vent souffle des poèmes de Verlaine, la mer du Sud chante Scotto, les rares nuages imitent Renoir et les vagues se concertent pour faire revivre Mozart qui, finalement, n'est pas tout à fait mort.

Au loin, résonnent les sirènes graves des bateaux qui se rendent au port, signalant aux femmes que leurs pêcheurs d'hommes rentrent. Sur les quais, déroulant les chaînes de leurs ancres, les chaloupes des marins se préparent à mouiller. Leurs femmes aussi.

Le silence après l'amour est encore de l'amour. Lune serait-elle amoureuse ?

Enfin ?

LE CRIME DE L'ORIENT-EXPRESS	11
LE SIXIÈME SENS	19
UN JOUR SANS FIN	29
UN DEUX TROIS, SOLEIL !	43
LA LUNE DANS LE CANIVEAU	53
UN HOMME ET UNE FEMME	59
LE SILENCE DES AGNEAUX	67
PETITES CONFIDENCES…	81
JE SUIS TIMIDE, MAIS JE ME SOIGNE !	87
UN AIR DE FAMILLE	95
DESCENTE AUX ENFERS	105
CINEMA PARADISO	115
JOYEUX NOËL !	123
MÉLODIE EN SOUS-SOL	131
LAST ACTION HERO	139
VOUS AVEZ UN MESSAGE !	145
LE DÉCLIC	153
OCEAN'S ELEVEN	161
AU CLAIR DE LUNE	171
L'HÔTEL DE LA PLAGE	187

© Thierry Brayer

Éditeur : BoD – Books on Demand
12/14 rond-point des Champs Élysées, 75008 Paris
Impression : BoD – Book on Demand, Allemagne

ISBN : 978-2-3220172-9-4
Dépôt légal : mai 2015